KAWABATA
YASUNARI

一頁 folio

始于一页，抵达世界

[日]

# 川端康成

著

# 雪国

陈德文 译

## 图书在版编目（CIP）数据

雪国/（日）川端康成著；陈德文译.--桂林：广西师范大学出版社，2023.3
ISBN 978-7-5598-5759-0

I.①雪… II.①川… ②陈… III.①长篇小说-日本-现代 IV.①I313.45

中国国家版本馆CIP数据核字（2023）第002384号

XUEGUO
雪国

| 作　　者： | （日）川端康成 |
|---|---|
| 译　　者： | 陈德文 |
| 责任编辑： | 谭宇墨凡 |
| 特约编辑： | 王子豪　徐　露　徐子淇 |
| 装帧设计： | 汐　和　at compus studio |
| 内文制作： | 陆　靓 |

广西师范大学出版社出版发行

　广西桂林市五里店路9号　邮政编码：541004
　　网址：www.bbtpress.com
出版人：黄轩庄
全国新华书店经销
发行热线：010-64284815
北京华联印刷有限公司印刷
开本：889mm×1260mm　1/64
印张：5.375　　　字数：130千字
2023年3月第1版　2023年3月第1次印刷
ISBN 978-7-5598-5759-0
定价：43.00元

版权所有，侵权必究
如发现印装质量问题，影响阅读，请与出版发行部门联系调换。

# 目录

雪国 × 花的圆舞曲

雪国　1

花的圆舞曲　191

1961年度诺贝尔文学奖推荐函　311

1968年度川端康成荣获诺贝尔文学奖授奖式欢迎辞　315

译后记　325

# 雪国

一

一

穿过国境长长的隧道[1]，就是雪国。夜的底色变白了。火车停在信号所[2]旁边。

姑娘从斜对面的座席上站起身走过来，落下岛村面前的玻璃窗。冰雪的寒气灌入车厢。姑娘

---

1 此处指上越线清水隧道，位于三国山脉上野国（今群马县）和越后国（今新潟县）国境线上，全长9702米。1922年8月开工，1931年9月完成。1934年作者两访越后汤泽，翌年开始写作《雪国》，于1935—1937年分期连载。1937年由创元社发行初版，1948年该社出版《雪国》最终版。

2 在当时的日本，车站间距过长时 为方便快车追越慢车，或单线行驶的列车通过，出于安全考虑 规定先到的列车，进站前须前后来车让道，让道时应暂时停靠于专用"待避线"躲避，并设信号指示，谓之信号所。1931年上越线全线开通后，至1967年一直是单线运输。清水隧道出口附近信号所于1941年1月改设为土樽车站，多为四季登山者所用。

将上半身探出窗外,一下子就填满了整个窗户,她似乎对着远方喊叫:

"站长——!站长——!"

一个手里拎着信号灯的汉子慢悠悠踏雪走来,他用围巾裹着鼻子,帽子的毛皮耷拉在耳朵上。

已经这么冷了吗?岛村向外一望,山脚下零星点缀着的铁路员工的木板房,好像正在寒气里瑟瑟发抖,雪色尚未到达那里,就被黑暗吞没了。

"站长,是我,您好啊。"

"哦,这不是叶子姑娘吗,回来啦?天又冷起来喽!"

"听说我弟弟这次来这里工作,请您多多关照啊!"

"这地方眼看要变得冷清了。他年纪轻轻,怪可怜的。"

"他还是个孩子,站长,您可要多指点呀,拜托啦!"

"别担心,他干得很起劲。不久就要大忙起来了。去年雪很大,经常发生雪崩,火车开不动,村里人都忙着给旅客烧火做饭呢。"

"站长看样子穿得很厚实呀。可我弟弟在信上说,他还没有穿背心。"

"我这都四件啦,年轻人一冷就拼命喝酒,横七竖八地躺在那儿,岂知这样会感冒的。"

站长朝着员工住房挥动一下手里的信号灯。

"我弟弟也喝酒吗?"

"不。"

"站长,您这就回家吗?"

"我受了伤,跑医院呢。"

"哎呀,真苦了您啦!"

和服外面穿着外套的站长,大冷天不想站在那里继续聊下去,他转过身子。

"好吧,多保重。"

"站长,我弟弟今天没来上班吗?"叶子两眼在雪地上搜索着。

"站长,请您好好照看我弟弟,谢谢啦!"

话声优美得近乎悲戚。高扬的嗓音自夜雪上空回荡四方。

火车开动了,她没有从窗外缩回身子。就这样,火车追上了走在铁道边的站长。

"站长——!请转告我弟弟,下次放假一定回家一趟!"

"好的!"站长高声答应。

叶子关上窗户,两手捂着红扑扑的面颊。

这里是国境上的山区,准备了三台扫雪车。隧道南北拉上了电力雪崩警报器,配备着五千人次的扫雪夫和两千人次的青年消防队员,以便随时应对突发事件。

看样子,铁道信号所不久将被大雪埋没。这个叶子姑娘的弟弟,打今年冬天起就在这里上班了。岛村知道了这些,对她更加感兴趣了。

然而,说是"姑娘",只是岛村单凭这么一看得出的结论。和她一道来的那个男子是她什么人,岛村当然无从知道。两个人的举止虽说像夫妻,但那男子明显是个病人,同病人在一起,男女之间的界限就不那么分明,姑娘照料得越细心,他们看上去就越像夫妇。实际上,一个女人照顾一个比自己年龄大的男子,那年轻母亲一般的情怀,在别人眼里就像夫妻。

岛村只孤立地注意她一个人,看那姿态,他执意认定她是个姑娘。不过,始终盯着窗玻璃这种奇妙的观察方式,也许平添了他本人过多的感伤之情。

约莫三个小时之前,岛村百无聊赖之余,不住晃动左手的食指,仔细观看,他想借助这根手指,清晰地回忆起将要会见的那个女人。然而,越是急于回想,越是不可捉摸,朦胧之中只觉得这根指头至今仍濡染着女人的肤香,把自己引向远方那个女人的身边。他一边遐想,一边把手指探到鼻子底下嗅着,一不经意,指头在窗玻璃上画了一条线,那上头清楚地浮现出一只女人的眼睛。

他几乎惊叫起来了。然而,那只是他正一心想着远方的缘故,再定睛一看,其实没有什么可奇怪的,映出的是对面座席上的那个姑娘。外面的天色黑下来了,车厢里亮起了灯,于是窗玻璃变成一面镜子。不过,由于通了暖气,玻璃上布满水雾,不用手指揩拭,是不会成为镜子的。

姑娘的一只眼睛,反而显得异样美丽。岛村将脸凑近车窗,装出一副观看黄昏暮景而泛起满脸乡愁的神情,用手掌揩拭着玻璃。

姑娘微微俯下前胸,一心一意看着躺在面前的男子。她的肩膀显得有些吃力,稍显冷峻的眼睛一眨也不眨,由此可知她是多么认真。男人枕着车窗,两腿蜷在姑娘的身旁,翘着脚尖。这是三等车厢。他们与岛村并不相邻,而是坐在前排斜对面的座席上。因此,横卧的男子,只是在车窗玻璃上映出到耳根的半个面孔来。

姑娘和岛村正好相互斜对面坐着,因此他看得很清楚。他们刚上车时,岛村就被姑娘那副冷艳娇美的面容惊呆了。在他低眉的一刹那,一眼看到姑娘的手被那男子青黄的手紧紧攥住,他便再也不愿意向那边转头了。

车窗玻璃形成了镜子,镜中的男子,一心一意望着姑娘的胸际,浮现出一副安详而平静的神色。他那久病的身体虽然很衰弱,却显出一种甜美的和谐。他枕着的围巾从鼻子下方将嘴部盖严,然后再向上包紧面颊,一会儿滑落下来,一会儿绕到鼻子上。男人眼睛将动未动之际,姑娘便轻轻地为他重新围好。两个人若无其事地重复同一个动作,连岛村看了都心烦意乱。还有,男人包在腿上的外套,下裾不时张开,垂挂下来,姑娘也会立即发现,随时给他裹紧。这一切都显得十分自然。看那情形,他们像是忘记了身处何处,仿佛要去往很远很远的地方。因而,岛村未因眼里所见的愁苦而感伤,而像是眺望着一种梦中之景。这也许是因为一切都来自这面奇妙的镜子吧。

镜子深处流淌着暮景,与镜子上映照出的事物如同电影里的叠影镜头般交叠变化着,登场人物和背景毫无关系,透明缥缈的人物影像,和朦胧流动的夕晖晚景两相融和,共同描摹出一个超脱现实的象征世界。尤其是,当姑娘的面孔中央燃亮山野灯火的时候,岛村的心胸,为这难以形容的美丽震颤不已。

遥远的山巅上空，微微闪着夕阳的余晖。越过车窗所见的风景，虽然直至远方还保持着轮廓，但已经失去了光彩。不管走到哪里，平凡山野的姿影越发平凡。正因为没有什么特别引人注意的地方，反而令岛村心中涌动着一股浩大的感情洪流。不用说，这是因为有一张少女的面孔浮现在其中。映射在窗镜上的姑娘的脸庞周围不断流动着暮景，这让姑娘的脸显得透明起来。不过是否真的透明，流动于脸庞后方的暮景总让人误以为是从脸庞上掠过的，定睛去看，也难分虚实。

车厢里不太明亮，窗镜没有真镜子的那种效果，几乎没有什么反射。所以，岛村在看得入迷的时候，渐渐忘记了镜子的存在，只觉得一个少女漂浮在流动的暮景之中。

这个时候，她的脸中央燃亮了灯火，镜子里的映像不够清晰，不足以遮蔽窗外的灯火，那灯火也无法模糊镜中的映像。于是，灯火就从姑娘的脸中央流了过去，但是没有给她的面孔增加光艳。这是远方的冷光,只够照亮那纤巧的眼眸四周。就是说,在和灯火重叠的瞬间,她的眼睛宛若漂荡在夕暮波涛间的妖艳的夜光虫。

叶子当然不会想到有人这样盯着她看,她一心扑在病人身上,即便向岛村那里回一下头,也不可能望到自己映在窗玻璃里的影像,更不会留意那个眺望窗外的男人。

岛村偷看了叶子许久,他忘记了这样对她是不礼貌的。他也许被夕暮窗镜里非现实的力量征服了。

所以,她呼叫站长时有点过于认真的样子,也被岛村看在眼里。抑或此时,他也是好奇心占了上风,很想听听那姑娘的故事。

列车经过信号所时,车窗上已是一片昏暗,外面风景的流动一旦消隐,车窗也就失去了镜子的魅力。叶子美丽的容颜还映在镜中,尽管她的动作无比体贴入微,但是岛村却发现她身上散发出一种清澄的冷寂。他不想再揩拭窗玻璃上的水雾了。

然而，半小时之后，没想到叶子他们和岛村在同一个车站下车了。总觉得似乎还会发生点什么和自己相关的事情，他忍不住回头看了看。但一经接触站台上的严寒，他突然就深悔起自己在车上的无礼行为来，于是头也不回地打机车前边绕了过去。

男子攀住叶子的肩膀，打算穿过铁轨，这时，站台人员从这边一扬手，制止了他们。

不久，黑暗里驶来一列长长的货车，遮住了他们两人的身影。

二

旅馆接客的伙计，煞有介事地一身防雪装扮，包着耳朵，套着长筒皮靴，好像火灾现场的消防队员。候车室站着一个女子，身披蓝色斗篷，戴着防风帽，透过窗户望着铁轨方向。

火车上的热气尚未完全从身上消散，岛村还

没有感受到外头真正的寒冷,但因为是初次体验雪国的冬天,他首先被当地人的这身打扮吓了一跳。

"难道真的这么冷吗?"

"可不,已经完全是准备过冬啦,晴雪的前一个晚上尤其冷。今夜要到零度以下呢。"

"现在就是零度以下了吧?"岛村注视着房檐下可爱的冰凌柱,和伙计一同登上汽车。雪色把家家户户本来就很低矮的屋脊压得更加矮小,整个村子似乎都沉到了雪底下。

"果然是,摸到哪里哪里都是冰冷冰冷的啊!"

"去年最冷是零下二十度。"

"雪呢?"

"雪呀,一般七八尺,多的时候超过一丈二三尺哩![1]"

"你是说以后吧?"

---

1 出身越后盐泽(与越后汤泽同属南鱼沼郡)的铃木牧之《北越雪谱》载:"凡日本国中,古往今来,人们皆以越后为第一深雪之地也;然于越后,雪深达一二丈者,当数我鱼沼郡也。"

"是以后呀。这场雪是前阵子下的,只有尺把厚,大部分都化了。"

"还会融化啊?"

"还不知道何时会下上一场大雪呢。"

时令是十二月初。

岛村患了感冒,鼻子一直堵塞,这时气儿一下子通到脑门,仿佛洗净了一切脏污,鼻涕不住地滴滴答答流下来。

"师傅家的那个姑娘还在吗?"

"哎,还在还在。刚才您下车时没看见她吗?她披着深蓝色的斗篷。"

"那就是她呀?——回头能叫她来吗?"

"今晚上?"

"今晚上。"

"听说今天师傅的儿子坐末班车回来,她去迎接了。"

原来,黄昏暮景的镜中所映照的那个叶子姑娘精心护理的病人,就是岛村前来会见的女子家中的少爷。

知道这一点后,岛村心里豁然亮堂起来。对于这层关系,他倒不觉得有什么可奇怪的,反而对这个不觉得奇怪的自己感到有点奇怪起来。

那个凭着指头上的香气留在记忆里的女子,和眼睛里点亮灯火的姑娘,她们之间究竟有些什么关系?又将会发生些什么事情?不知为何,岛村心里似乎感觉到了什么。也许还没有从夕暮的镜子里清醒过来吧,那黄昏暮景的流动,莫非就是时间流逝的象征?他忽然犯起了嘀咕。

滑雪季节之前的温泉旅馆客人最少,岛村在馆内浴场[1]洗完澡,已经夜深人静了。他在古旧的走廊上每跨一步,玻璃窗就微微震动一下。尽头长长的柜台拐角处,一个女子长裙拖曳,亭亭玉立于寒光闪亮的黝黑的地板上。

她到底还是做艺妓了?他看到那裙裾,猛然一怔。然而,她既没有迈步走过来,也没有做出任何相迎的姿态。她只是站着一动不动,岛村远

---

[1] 原文为"内汤",即温泉旅馆馆内浴场,同建在户外庭园浴池的"外汤"相对应。

远看见她那肃穆的神色,急急走了过去,他站在女子身边沉默不语。脸上涂满浓浓白粉的女子欲破颜为笑,反而显出一脸悲戚,两人一句话没说,一同向房间那边走去。

有过那段情,却既不写信,也不来见面,更没有按约定寄来关于舞蹈造型的书什么的。这在女子看来,还不是回头一笑就把自己给忘了?所以,照理说,岛村应当主动道歉,或者说明缘由才是。但两人虽说谁也不瞧谁一眼,岛村却凭着感觉知道,她不但不怪罪自己,反而满心思念着自己。当他明白这些之后,就越发感到,不管如何解释,都会显得自己不是个真诚的人。不如就这么静静地被女子身上涌现出来的甜美喜悦包裹着,两人一起来到楼梯口。

"它对你记得最清楚。"他左手握成拳头,只伸出食指,突然杵到女子眼前。

"是吗?"女子攥着他的手指,紧紧不放,两人手挽手登上楼梯。

走到被炉前,她松开手,脸孔一下子红到了

耳根。她想遮掩过去,又慌忙拉住岛村的手:

"它还记得我?"

"不是右手,是这只。"他从女子的手掌里缩回右手,伸进被炉,又伸出左拳头给她看。她若无其事地说:

"嗯,我知道。"

她微笑着扳开岛村的手掌,把脸贴了上去。

"它还记得我?"

"哦,好冷啊,这么冰凉的头发还是第一次触碰呢。"

"东京还没下雪吗?"

"你那时候说的话,看来是骗我的。要不然,谁会在年关跑到这个寒冷的地方来呢?"

三

"那时候"——指的是过了雪崩危险期,进入新绿满眼的登山季节的那段时间。

不久，木通[1]新芽也要从饭桌上消失了。

那时，游手好闲的岛村自然地对自己失去了真诚，想借山野唤回真诚，于是就一个人到山间散心来了。那天晚上，他在国境的群山游荡七天之后，下山来到温泉浴场，吩咐召一位艺妓陪夜。当天正举行修路工程竣工典礼，十分热闹，连村里的蚕房兼剧场都临时当作宴会厅了。

"总共就十二三个艺妓，人手本来就不足，临时找怎么可能找得到。听说师傅家的姑娘也到宴会上帮忙了，但跳上两三轮舞就会回来，要不就叫她来也行。"

岛村又仔细问了一遍，浴场的侍女继续说道：

"三味线和舞蹈师傅家的姑娘们虽说不是艺妓，可大宴会也时常请她们去，这里没有年轻的

---

1 又名山通草、野木瓜，生于山野的蔓生植物。春季发新叶，开淡紫色花；秋季结椭圆形果实，熟后裂开，有芳香。蔓茎可用来编筐篮，果实可入药，新芽可食用。

雏妓[1],许多人年龄大了,不愿意出去跳舞,所以姑娘就显得特别宝贝。她倒很少单独去旅馆应客,但也不是个纯粹的素人。"

侍女的话听起来有些怪,岛村没放在心上。过了一小时光景,女子在侍女的带领下竟然来了,岛村一惊,立即端坐着。侍女正要离开,女子拽住她的衣袖,又叫她坐下来。

女子给他的印象是出奇的清洁,仿佛就连脚趾缝里也很干净。岛村甚至怀疑是不是因为自己的双眼看了太多山里的初夏,才有如此联想。

她的装扮虽然有几分艺妓的样子,但裙裾自然不会拖在地上,里面也规规矩矩穿着一件柔软的单衫。唯有腰带看起来很昂贵,似乎有些不合身份,但反而使人顿生怜惜。

先是谈了一些山中见闻,后来侍女就出去了。村子周围可以看到的这些山峰,女子大都叫不出

---

[1] 原文为"半玉",指只领半额"玉代"(月薪)尚未出师的艺妓。出师的艺妓称为"一本"。下文的"陪酒女"(原文为"御酌"),亦同"半玉"。

名字，岛村也无心再喝酒了。于是，女子意外地直接对他说起身世。她就生在这个雪国，到东京当陪酒女期间，被人赎出，打算将来做个舞蹈师。哪知一年半后，那位恩人就死了。打从那人死去到今天为止的这段时间的经历也许才是她的真实境况，可她也不急于全部抖搂出来。她说自己十九了，要是真的，那么十九岁的她，看起来像是二十一二岁的人了。岛村找到了轻松的话题，便谈起歌舞伎来。对于俳优的艺风和信息，女子比岛村更精通。也许渴望着这样一个可以倾诉衷肠的人，她一个劲儿说着，不由露出花街女子的根性来。她似乎很熟悉男人的心思，尽管如此，岛村一开始就把她当作淑女看待。一个星期没有开口和人说话了，他心里充满了对人世的思恋和温情。岛村首先从女子身上感受到一种类似友谊的东西，甚至把对山野的感伤也倾注到她身上来了。

翌日午后，女子将入浴用具放在廊下，顺便到岛村屋里来玩。

她身子尚未坐稳,他就突然说想叫她帮着请个艺妓来。

"帮忙请人?"

"你明白的。"

"这怎么行?我到这里来,做梦都没想到,您会叫我干这种事情。"女子嗔怒道,转身走到窗前,眺望国境的群山,面颊泛起红晕。

"这里没有那种人啊。"

"撒谎!"

"是真的。"她又猝然转过身来,坐到窗台上。

"绝对不可勉强人家的。艺妓都是自由身,旅馆一概不做这种事。不信,您随便找个人问问就知道了。"

"我想托你帮帮忙。"

"为何非要托我干这种事呀?"

"我把你当朋友啊!既然是朋友,怎么好意思跟你调情呢?"

"这就叫朋友啊?"女子被他的话激得像个小

孩子。接着,她甩出这么一句:

"您真了不起,这种事也能托我。"

"这又算什么呢?我在山上养好了身体,可头脑还是不清晰,即便和你也没法说知心话。"

女子低眉,沉默不语。这样一来,岛村也显现出一个男人特有的厚颜无耻,不过她对这些早已习以为常,十分通达地理解了对方的意思。岛村凝望着她,也许是因为眉毛太浓密了,她低俯的眼睛显得那般温婉而娇媚。女子的脸庞稍稍左右摇动着,又染上薄薄的红晕。

"您找个可意的吧。"

"这事得问你呀。我初来乍到,怎么知道谁长得漂亮?"

"要找漂亮的?"

"年轻就行。年纪轻轻,就不会出大差错。只要嘴不狂、不唠叨个没完就好。傻乎乎的也不要紧,要干净些的。闲聊时我可以叫你来嘛。"

"我才不来呢。"

"别瞎说!"

"哼,就不来,还来干什么呀?"

"我想和你清清爽爽地交往下去,所以才不打你的主意啊!"

"真会说!"

"要是我们之间发生了那种事,明天就不愿意再见到你,说起话来也不自在了。我从山上来到村子里,好不容易有个亲近的人,所以我不想打你的主意啊。我到底不过是个旅人。"

"嗯,这倒也是。"

"不是吗,从你的角度来说吧,假如我找的是你讨厌的女人,你以后见了我,也会恶心的。要是你替我挑,那就好多啦。"

"那谁晓得?"她顶了他一句,又蓦然转过脸云,"说的也是。"

"要是咱俩热络了,就糟啦。那多难为情,也不能长久相处了。"

"是啊,大家都这样。我生在港镇,这里是个温泉浴场哩,"想不到女子说得很直率,"客人大都是来旅行的,我虽说还是个孩子,可也听好多人说过,一个人虽然喜欢你,但当面不肯说破,这种人才叫人时刻想着他,永远不忘记。分别后也一样。一想起你,就给你写信的,一般都是这一类人。"

女子离开窗台,这回轻柔地坐到窗下的榻榻米上,急急滑向岛村身旁。看她脸色,似乎想起了遥远的往日。

女子的声音满含真情,这倒使得岛村感到内疚,觉得自己不该轻易欺骗她。

但是,他倒也没有说谎。他原本就将女子看作淑女,虽然想找艺妓,但还不到要在她身上满足欲望的程度,找别人既容易,又没有罪恶感。她太清纯了!从见到她第一面起,他就对她另眼相待。

况且,那时他还没有选定夏天的避暑地点,他打算带家属到这个温泉浴场来。这样一来,这女子幸好是个淑女,就可以陪伴妻子游玩,教妻子学习跳舞,消烦解闷。他确实这么想过。他虽然对女子产生了一种情谊,但还是相应地渡过了这一关。

不用说,这里也有一面岛村窥看黄昏暮景的镜子。他不仅不愿意和这种身份暧昧的女子藕断丝连,而且认为,这也和夕暮火车车窗上映照的姑娘面颜一样,不过是一种虚幻的影像罢了。

他对西洋舞蹈的兴趣也是如此。岛村出生于东京下町[1],幼时就迷恋歌舞伎和戏剧,学生时代偏爱流行舞和歌舞。他富有钻研精神,不达目的决不罢休。他涉猎古代记述,遍访流派宗师,不久,又结交日本舞新星,写作研究和批评的文章。这样一来,无论在日本舞沉滞时期,还是在自以为是的新的探索之中,他都有一种切实的不满足感。

于是,他打定主意,决心投身于实际运动之中。但当他受到日本舞蹈青年演员招请时,又猝然换马,转向西洋舞蹈了。日本舞蹈完全不看,转而开始搜集西洋舞蹈的书籍和照片,甚至不辞

---

1 东京平民百姓聚居的商业闹市,如下谷、浅草、神田、日本桥、京桥等地。与此相对的山手区,则是富裕阶层的居住地区。

劳苦从国外把宣传画和节目单之类的弄到手。这绝非仅仅出于对异国和未知世界的好奇心，他由此重新获得的喜悦，在于目无所见的西洋舞蹈。岛村根本不看任何日本人跳的西洋舞蹈。借助西洋印刷品写写谈论西洋舞蹈的文章，没有比这更轻而易举的事了。未曾一见的舞蹈是另一个世界的故事，只能是纸上谈兵、天国之诗。名为研究，实际是凭空想象，不是欣赏舞蹈家鲜活肉体跳跃的艺术，而是欣赏他借西洋语言和照片所空想出的跳跃幻影。这是一种捕风捉影的情恋。况且，他写一些介绍西洋舞蹈的文字，好歹也算个文人。他有时借此解嘲，以抚慰自己随处漂泊的心灵。

他的这些有关日本舞蹈的话题，使得女子对他更加亲近起来。可以说这些知识相隔多年之后又在现实中发挥了作用。然而，这或许是因为岛村不知不觉中将这女子当成西洋舞蹈对待了。

所以，当察觉到自己含有淡淡旅愁的话语，触及了她生活中的隐痛时，他觉得欺骗了这个女子，心里十分后悔。

"这样的话,下回我带家属一道来,你们可以好好玩玩了。"

"哎,这个我知道了。"女子放低声音,微笑着说,随后带着几分艺妓的神色调笑道,"我也很喜欢那样,味淡而情长嘛。"

"所以请你代我叫一个呀。"

"现在?"

"嗯。"

"您真行,大白天的,亏您开得了口!"

"我不要被人拣剩的。"

"瞧您说的,您当这里是捞钱的温泉浴场呀?那您是打错了算盘。您看到村里的样子还不清楚吗?"

女子带着一副意外认真的口气,再三强调这里没有那样的女人。岛村一怀疑,女子就一本正经起来,但又退让一步说,至于要怎么做,这得由艺妓自己决定。不过,要是不给主家[1]打招呼就

---

1 原文为"抱主",管理艺妓的责任人。

外宿，那是艺妓自己的责任，出了事主家是不管的。要是跟主家打了招呼，那就是主家的责任，不论出了什么事都会担待到底。就这一点不同。

"责任是指的什么？"

"比如搞出了孩子，或者弄坏了身子什么的。"

岛村为自己这个颇为傻气的问题苦笑了一下，心想，这个山村说不定真会有这种满不在乎的事情。

游手好闲的他，自然有心要为自己找到一种保护色，所以他对各地的社会民风抱有本能的敏感，从山上下来，就能从这座村子朴素的景象之中获取安闲和舒适。听旅馆的人说，这里是整个雪国生活最舒心的村庄之一。直到铁路开通的前几年，这座村子还是农家百姓的温泉疗养地。有艺妓的人家都是餐馆或小豆汤店，挂着用作招牌的褪色门帘，看到那被煤烟熏黑的旧式格子门，不禁让人怀疑，这里真会有客人登门吗？在所谓的日用杂货店和茶食店里，也只雇有一名艺妓，除了忙店里生意之外，还到农田里干活。

看来她就是师傅家的学徒,没有营业执照[1],偶尔去宴会上帮帮忙,这样做也不会让其他艺妓说闲话。

"一共多少人?"

"您说艺妓?十二三人吧。"

"什么样的人好呢?"岛村站起来去按门铃。

"我回去啦?"

"你不能回去!"

"我不愿意。"女人屈辱地摇摇头,"我要回去。放心吧,我不在乎。我丕会来的。"

可一看到侍女,她便若无其事地重新坐正身子。侍女问她想找哪一个,问了几次,她都不肯提名字。

不一会儿,一个十七八岁的艺妓进来了,岛村一瞅,下山来村里寻欢的热情顿时凉了。她一双黝黑的腕子,瘦骨嶙峋,看样子带着几分稚气,

---

[1] 原文为"鑑札",即"营业许可证"或"执照"之意。按当时的规定,艺妓必须向警察署及时领取"鑑札",凡持有"鑑札"的艺妓,不能随便带往他处,违者会受罚。

人也还好。他极力不显露出扫兴的神情，向艺妓那边瞧过去。实际上，他的眼睛是被她身后新绿的群山迷醉了。他也不想再说什么，总之，这是一个山里的艺妓。见岛村闷声不响，那女子颇为识相地默默站了起来。这时，场面变得更加尴尬，如此僵持了一个多小时后，岛村心里琢磨着如何才能用个巧妙的办法将艺妓打发回去。忽然，他想到有张电汇单寄来，就借口要马上跑一趟邮局，伴着艺妓一同离开了屋子。

岛村走到旅馆门口，抬眼看到新绿飘香的后山，心向往之，撒野似的奔山上跑去。

也许是因为感到有些古怪吧，他一个人大笑不止。

他跑累了，又忽然回转身子，撩起浴衣，猝然向山下奔跑。脚底下腾起两只黄蝴蝶。蝴蝶翩翩飞舞，不久飞过国境的山峰，翅膀的黄色渐渐变白，蝴蝶也越飞越远了。

"怎么啦？"

女子站在杉树荫里。

"您笑得挺开心啊!"

"打发走啦!"岛村又止不住大笑起来,"走啦"

"是吗?"

女子飘然转过身子,向杉林里走去。他默默跟在后头。

这里是神社。布满苔藓的一对石兽[1]旁,有一块平滑的岩石,女子在石上坐下来。

"这里最凉快,盛夏时节也有冷风吹来呢。"

"这地方的艺妓都是那副模样吗?"

"大体都差不多。中年里头倒有长得挺漂亮的。"她低眉淡淡地回答。她的脖颈上印着一小匝杉树的清荫。

岛村仰望着树梢。

"算啦,体力全耗尽啦,真好笑啊!"

岛村背靠着的这棵杉树很高,只有将两手向

---

[1] 原文为"狛犬",置于神社等场所门前两侧,用来伏魔降妖、以示威严的石狮子狗,据说在古代从高丽传入。一只开口欲呼"阿"(模拟开始说话的样子);另一只闭口欲呼"吽"(模拟禁止出声的样子)。

后支在岩石上，挺起胸脯才能望见梢顶。树干笔直而立，浓密的树叶遮蔽着天空，寂然无声。不知为什么，这棵最古老的树北面一侧的树枝全部干枯，一排光秃的枝丫树杈如尖桩倒刺进老干内部，犹如凶神的刀剑。

"我打错了主意。下山来初次见到你，还以为这里的艺妓都很标致呢。"他笑了，本来他想，七天里在山间养精蓄锐，在此可以顺利地宣泄一番了。岛村到现在才明白，有此种感觉，实际上也是初遇这个清纯无垢女子的缘故。

女子凝神眺望远方夕阳下光闪闪的河水，突然显出寂寞的神色来。

"啊，差点忘记了。这是您的香烟，"女人极力表现出一副轻松的样子，"刚才到您房间，看到您不在，不知出了什么事。您一个人拼命向山上跑，我是从窗户里看见的，好生奇怪。您忘记带香烟，我给您拿来了。"

她从袖袋里掏出香烟，给他点了火。

"真对不住那孩子啊！"

"没事,她什么时候走,还不是全凭客人一句话吗?"

布满石子的河流发出圆润、甜美的响声。透过杉树可以窥见对面山间襞褶的阴影。

"找不到和你相当的女子,以后见到你会后悔的。"

"我才不管呢,您倒是挺逞强的啊!"女子嘲讽似的说。和叫艺妓前大不相同,他们两个之间已经有了一种别样的感情。

明明一开始就想寻求这样的女人,又偏偏围着她远远绕圈子,当岛村彻底明白过来之后,他对自己更加感到厌恶。同时,他也愈发觉得女子美丽动人。她站在杉树荫里呼唤着他的窈窕倩影,使他感到浑身爽适。

细长而稍高的鼻梁虽显一般,但下面小巧而紧凑的嘴唇,宛如时伸时缩的水蛭漂亮的环节,细嫩、柔软,沉默时也仿佛在不停翕动。要是有了皱纹或颜色失当,就会给人不洁的感觉,但那嘴唇并非如此,而是显得滑润而晶莹。眼梢既不上挑,也不下垂,着意描成横直的眼角似乎有些不自然,却恰到好处地包裹在一双浓密而微微低垂的眉毛下边。丰腴的桃圆脸轮廓平凡,但皮肤犹如略施薄红的细白瓷,颈项也不显肥满。因而,她是个美人,更是位洁净的女子!

作为一个有过陪酒经历的女人,她的胸脯微微前挺[1]。

"瞧,不觉间飞来这么多蚊子。"女子抖了抖裙裾,站起身来。

静谧之中,两个人的面孔上都显现出百无聊赖的神情。

大约夜间十点钟,女子在廊下大声呼叫岛村的名字,一头闯进他的房间,立即倒在桌子上。她喝醉了,双手在桌面乱抓一气,大口大口地喝水。

听说今冬在滑雪场结识的一帮老相识,越过山岭来和她相会。他们把她请到旅馆,招来艺妓

---

1 原文为"鸠胸",指胸骨向前凸的样子,一般在肋骨发育过程中形成。相反,胸部凹陷的状态称为漏斗胸。

大大热闹了一场。她被灌醉了。

她头脑昏昏沉沉,一个人滔滔不绝地说着,接着又添一句:

"这不好,我得回去。他们不知出了什么事,会到处找我的。"她踉跄走出屋门。

约略一小时后,长长的走廊又响起了杂沓的脚步声。她东倒西歪地走进来,高声喊道:

"岛村先生——!岛村先生——!"

"咦,不在吗?岛村先生——!"

这纯粹是一个女子呼喊自己心上人的声音。岛村大吃一惊。这尖厉的嗓音响彻整个旅馆,他迷惑不解地正要出去,女子用手指戳穿窗户纸,一把抓住障子门上的格子,"咕噜"一声向岛村身上倒过来。

"唔,在屋里呀!"

女子小鸟依人,紧靠在他身上。

"我没有醉!嗯,谁醉啦?我好难受,好难受啊!可脑袋很清醒。啊,真渴。那种混合威士忌不行,一喝就上头,脑袋疼。那些人买的净是劣质酒,我哪里知道?"说着,她不住地用手揉搓着脸孔。

外面骤然响起雨声。

女子稍稍放松膀子,一骨碌倒下了。他搂住她的脖子,女子的发髻几乎被他的面颊压得散开来。他顺势把手探入她怀中。

女子没有答应他的要求,两只膀子像锁紧的门闩一样,紧紧压在他想要的东西上。但她如同玉山倾倒,已经力不从心了。

"什么呀,这破胳膊,怎么回事呀?该死!该死!我累了啊!这破玩意儿。"说罢,她猛地咬住自己的胳膊。

他连忙将她拉开,胳膊上已经留下了深深的牙印。

这时,她已经任他摆布了,开始胡乱地写起字来。她说要写几个喜欢的人的名字给他看,接连写了二三十个电影戏剧明星的名字,然后又写了无数个岛村的姓名。

岛村掌心那团好容易才到手的温软肥腴之物

渐渐发热了。

"啊,好啦,这下子放心啦!"他亲切地说道,甚至有了一种母性之感。

女子又急剧痛苦起来,她挣扎着想站起身子,又一头栽到对面的房间一角里。

"不行,不行,我得回去,回去!"

"你怎么走?这么大的雨。"

"赤脚也要回去!爬也要爬回去!"

"太危险啦,要走也得我送你。"

旅馆在山丘上,要回去必须走一段陡坡。

"松开衣带,躺一会儿,醒醒酒。"

"那怎么行,就这样,习惯啦。"女子坐正,挺起胸。然而,她很憋闷,打开窗户想吐又吐不出来。她扭动身子,想一下子躺倒,但还是咬着牙强忍住了。这样持续了好长时间,她时时强打精神,反复说"要回去、要回去",不知不觉过了凌晨两点钟。

"您睡吧,我叫您睡嘛!"

"那你呢?"

"我就这样，醒醒酒就回去。趁着天未亮回去。"她膝行过去，拉住岛村。

"别管我，睡下吧。"

岛村钻进被窝，女子趴在桌子上喝水。

"起来，听见了？叫您快起来。"

"你想叫我干什么？"

"您还是躺下吧。"

"你都在说些什么呀？"岛村站起来。

他一把将女人拽过去。

女子不住转头，左右躲闪，紧接着，她又突然噘起嘴凑过来。

其后，她又像病中说胡话一样，倾诉起满心的苦楚。

"不行，不行，不是说好了要做朋友的吗？"这句话她不知重复了多少遍。

岛村被她那真诚的声音打动了。他皱起眉头，紧绷着脸，拼命控制自己。这种强烈的压抑使他兴味索然，他想信守和女子的约定。

"我还有什么可惜的呢？我绝不是为我自己

可惜。不过,我不是那种女人,我不是那种女人啊!您自己不是说过吗?这样就不能长久了。"

她醉意蒙眬,浑身酥软。

"这可不怪我呀,都是您不好。您输啦,都怪您,不怪我呀。"她虽然说得过于直露,但依旧想抑制住满心喜悦,咬住袖子不放。

好一阵子,她显得有些失魂落魄,安静了下来。忽然,她尖厉地叫道:

"您在笑我,对吗?您在嘲笑我呀!"

"我没有笑你。"

"您心里在笑我!现在不笑,以后肯定还会笑我的!"女子俯伏着身体抽噎起来。

随后,她又立即止住哭,紧紧依偎着他,温婉而亲密地详细谈起自己的身世。醉态里的那种痛苦仿佛一扫而光,她对刚才的一切又绝口不提了。

"真是的,只顾着说话,什么都不知道啦。"这回,她倒"扑哧"笑了。

她说趁着天还没亮必须赶回去。

"夜还很黑,这里的人都起得很早啊。"她几次站起来,打开窗户朝外看。

"还看不见人影呢。今早下雨,没人下田吧?"

可是等到对面山峦和山坡上的房屋已经在雨夜里依稀可见时,女子依旧不舍得离开,但还是赶在旅馆的人起床之前整理好了头发,又怕岛村送她到大门口会被别人看到,于是慌慌张张逃也似的跑了出去。当天,岛村也回了东京。

## 四

"你那时候说的话,看来是骗我的。要不然,谁会在年关跑到这个寒冷的地方来?那以后我也没有嘲笑过你呀。"

女子蓦地抬起脸,贴在岛村掌心的眼皮至鼻子两侧的一片绯红,透过浓厚的白粉显露了出来。这颜色使人联想到雪国之夜的寒冷,但由于有那一头乌黑的秀发,同时也让人感到无上的温馨。

她的脸上漂浮着炫目的微笑。这期间,她想起"那时候"来了,似乎是岛村的一句话渐渐浸染了她的身子。女人蓦然垂下头,露出后颈,从那里甚至可以窥见绯红的脊背,仿佛剥离出一具鲜润而充满爱欲的裸体,在头发的映衬之下,更加相得益彰了。额头上的刘海细而不密,但根部粗壮,像男人的头发,没有一丝绒毛,宛若黝黑而厚重的矿石,光耀动人。

他手里第一次接触如此异常冰冷的头发,吓了一跳。他以为这并非寒冷的缘故,而是这种头发本身就是如此。岛村重新审视着,女人已经在被炉上掐指计算开了,算个没完没了。

"算什么呢?"他问道,她依然默默扳着指头。

"五月二十三日是吧。"

"是吗,原来是在数日子。七八两个月可都是大月啊!"

"嗯,第一百九十九天。正好是一百九十九天呢!"

"真亏你还记得五月二十三这天。"

"看日记就立即明白啦。"

"日记？你每天记日记吗？"

"嗯。看旧日记很有趣，一天不漏全都写在上头了，自己读也觉得不好意思呢。"

"什么时候开始的？"

"到东京当陪酒女前不久。那时候手头紧，买不起日记本，就花上两三文钱买个杂记本，用直尺打上细格子，当时应该是把铅笔削得很尖，所以线画得很整齐。本子从上至下布满了密密麻麻的蝇头小字。等到有钱买了，就不行了，用起来大手大脚的。本来用报纸练字，后来就直接在一卷卷信纸上练起来了。"

"你一直坚持记日记吗？"

"嗯，十六岁那年和今年最有意思。从酒宴上回来，经常换上睡衣就写日记。回来时已经很迟，写着写着就睡着了，即使现在看看，也能记起当时的一些事情。"

"可不是吗。"

"不是天天都记,也有间断的日子。这山里头的筵席还不都是老一套?今年买到了每页都带月日的,谁知又失算了,因为一写就写得很多。"

比起日记,更让岛村意外的是女子记录小说的举动。没想到她从十五六岁那时候起,就把读过的小说一一记下来了,这种杂记本有十本之多。

"写不写感想呢?"

"不会写感想,只是记下题目和作者,还有书里出现的人物的名字,他们之间的关系等。"

"光是记下这些有什么用啊?"

"是没有用。"

"简直是徒劳。"

"可不是吗。"女子毫不介意地明确回答道。她的眼睛一眨不眨地注视着岛村。

完全是徒劳!岛村不知为何,总想再强调一下。但这时,他的全身忽然被寂静征服了,是一种仿佛可以从中倾听到积雪崩裂的寂静,竟是从女子身上产生的。岛村明明知道,对于女子来说,这并非徒劳,他的脑袋瓜里却蹦出"徒劳"这个字眼,反而使他感到她的存在是多么纯粹。

从她话里可知,这女人所说的小说,同他们日常使用的"文学"这个词毫无关系。她和村里人之间谈不上有什么友谊,只是交换着读读妇女杂志,然后完全孤立地各人看各人的书,既无从选择,也不求甚解。她只是在旅馆的客厅等处发现有些小说和杂志,随之借来读读罢了。不过,她也记住了一些新锐作家的名字,这些名字岛村基本都知道。然而,她谈起来的口气仿佛是在谈论外国文学的遥远故事,充满了一个毫无欲求的乞讨者的哀鸣。岛村想,这就好比他借助外国书籍上的照片和文字,相隔万里,凭空想象西洋舞蹈究竟是什么样的舞蹈一样。

她又兴致勃勃地谈起自己没看过的电影和戏剧,似乎好几个月都在如饥似渴地寻找这样一位谈话的伙伴。一百九十九天前那阵子,她也是这般热烈地和岛村交谈着,并且主动投到他的怀抱。她好像忘记了当时是何等冲动,她自己的语言所描画的情景似乎又使她的身体燥热起来。

但是，这种对于都市事物的憧憬，如今也实实在在地变得无可指望了，只成了缥缈的梦境。因此，较之那些都市逃亡者高傲的不平情绪，她有着更强烈而单纯的徒劳之感。虽然她丝毫不因此流露出一丝颓唐，但在岛村眼里，她却令他充满了莫名的哀怜之情。假如一味沉沦于这种哀怜，那么岛村自己的存在也将变得徒劳，陷入迷茫的感伤之中。然而，眼前的她，在山野气息的熏染下却焕发着青春的朝气。

不管怎样，岛村都要重新审视她。她现在当艺妓了，反而难于开口了。

那个时候，她烂醉如泥，浑身麻木。

"什么呀，这个破胳膊！怎么回事呀？该死！该死！我累了啊！这破玩意儿。"她烦躁不安，照着自己的胳膊猛咬一口。

她站不起来，身子一骨碌倒下了。

"我绝不是为我自己可惜。不过，我不是那种女人，我不是那种女人啊！"她想起她说过的话，岛村一泛起犹豫,女人就注意到了,她立即加以反驳。

"是零点的上行车呀!"[1]汽笛声同时响起,她正好趁机站起身子,气急败坏地猛然打开格子窗和玻璃窗,一跃坐到了窗台上,背靠栏杆。

一股冷气流进屋子。火车的鸣叫渐行渐远,仿佛夜风的声音。

"喂,不冷吗?傻瓜!"岛村也走了过去,没有风。

一阵冻雪崩裂的声响,仿佛在地层底下鸣动。严酷的夜景。没有月。抬头一看,多如谎言的星辰明亮耀眼,闪闪飘浮,似乎皆以虚幻的速度继续沉落下去。群星渐次迫近,天空愈显高远,夜色更加幽邃。国境的山峦重重叠叠,模糊难辨,厚重的黑暗沉沉垂挂于星空的四围。一切都达到了一种清雅与静谧的和谐。

女子发觉岛村走近,立即趴在栏杆上。她看

---

1 当时的日本一天里火车车次很少,皆定时运行。

上去一点不纤弱,在夜景的衬托之下,她的姿影显得无比坚强。又来啦,岛村立即有了某种预感。

然而,山色尽管黑暗,但鲜丽的、银白的雪色映照得山野生机勃勃,于是,山峦似乎使人感到透明而又静寂。天空和山野不再调和。

岛村抓住女子的领口。

"要感冒的,这么凉。"他猛然把她往后拖,女子抓住栏杆哑着嗓子说:

"我要回去。"

"回去吧。"

"让我再这样待一会儿。"

"那我先去洗澡啦。"

"不要走,就待在这儿吧。"

"把窗户关起来。"

"让我在这里再待一会儿吧。"

村庄的一半掩映在神社杉树林的绿荫里。乘汽车不用十分钟就到车站了,那里的灯火灼灼闪耀,仿佛将要被严寒摧毁,发出了毕毕剥剥的响声。

对于岛村来说,女子的面颊,窗户的玻璃,还有自己的棉袍袖子,凡是自己用手接触的地方,都使他第一次感到冰凉难耐。

脚下的榻榻米也冷起来了。他想一个人去洗澡。

"等等,我也去。"这次女人爽快地跟他一道去。

女人把他胡乱脱掉的衣服收拾到竹筐里,这时,进来一个男浴客,一眼就看到把脸藏在岛村胸前的女人。

"哦,对不起。"

"不,请吧,我们到那边的浴池去。"岛村立即应道。接着便光着身子抱起装满散乱衣物的衣筐,走向隔壁的女子浴池。女子当然装出一副妻子的样子跟来了。岛村默默不语,也不回头看一下,火速跳进了温泉。他放心地高声大笑,接着又连忙对准喷水口漱了漱口。

回到屋子,女人正横卧着,微微抬起头,用小指拢了一下鬓发。

"好可悲呀。"她只说了这么一句。

女人似乎半睁着乌黑的眸子,凑近一瞧,原来是睫毛。

神经质的女人一夜没有阖眼。

挺括的腰带发出很大的声响,岛村醒了。

"这么早把您吵醒,实在不好意思。天还黑着吧?哎,不过来看看我吗?"女人熄灭电灯。

"能看见我的脸吗?看不清楚吗?"

"看不清楚,天还未亮啊。"

"瞎说,您再仔细瞧瞧。"女人敞开窗户。

"坏啦,能看见了。我得回去。"

这黎明的寒冷令人惊奇,岛村从枕上抬起头,天空还是夜色,山野已是早晨。

"对啦,不碍事的,眼下是农闲时节,没有人一大早就外出的。不过,会不会有人上山呢?"她一个人自言自语,拖着扎了一半的腰带来回走着。

"现在五点的下行车没有乘客,旅馆的人都还没起床。"

腰带扎好了。女人转了一会儿，又坐了一会儿，不断走到窗边盯着外面。就像夜行动物害怕早晨一样，她来回转悠，坐立不安，仿佛妖艳的野性发作了。

不知不觉，屋里明亮起来，女人绯红的脸庞十分显眼，岛村惊呆了，他凝神看着那艳丽的红潮。

"瞧，脸蛋都冻得发红啦！"

"我不冷。那是洗掉白粉的缘故。我一钻进被窝，一股热流直冲脚尖呢。"她转向枕畔的镜台。

"天终于亮啦！我该回去啦！"

岛村看着外面，一下缩回了头。镜子深处白光闪耀，那是雪。雪里浮现出女人艳红的面颊，显现出难以形容的清洁和俊美。

太阳升起来了，镜中的雪光冷艳似火，一片灿烂。女人的头发随着雪色飘浮，散射着紫黑的光亮。

## 五

旅馆的墙脚下挖开了一圈排水沟,以便利用澡池排放的热水融化积雪,于是大门口形成了一个泉水般的浅水洼。一条黧黑、肥壮的秋田犬踩在脚踏石上,久久舔着热水。库房里的客用滑雪板被搬出来晾晒,那幽微的霉味经热气一熏,变淡了。雪块打杉树枝上掉下来,落在公共浴场的屋顶,暖暖地散开了。

不久,在从岁暮到新年的这段时间,那条道路将被暴风雪封锁,再也看不见了。要去赴宴,就得套上防雪裤[1],脚蹬长筒靴,披上斗篷,裹紧围巾。那个时候的雪会深达一丈。再说眼下,岛村正在下山,他走的正是女人早晨透过山上旅馆窗口俯视的山路。从路边高高晾晒的襁褓下面,可以窥见国境上闪耀着悠闲雪光的群山。青绿的葱还没有被雪掩埋。

---

1 原文为"山袴",别名"雪袴""猿袴"。这种裤子腰部宽松,小腿以下紧缩,便于日常劳作。

田地里，村中的孩子在滑雪。

离开公路，一踏进村口，就能听到静静的雨滴般的声音。

屋檐下小小的冰凌柱泛着可爱的光芒。

一个洗澡归来的女人用湿手巾揩着额头，迎着炫目的雪光，抬眼望向屋顶正在除雪的汉子，叫道：

"喂，顺便也给我们这边除一除吧。"

她似乎是趁着滑雪季节及早赶来这里帮工的女招待。隔壁玻璃窗上的彩画也陈旧了，屋脊歪斜着，这是一家小餐馆。

家家户户的屋顶上都铺着细木板，上面摆满了石头。那些浑圆的石头向阳的半面在雪里露出黝黑的质地，黝黑的颜色是因为濡湿，更是因为长久经受风雪的侵蚀形成的。一排排低矮的房屋也都和那些石头一样，乖乖地蹲伏于北国的这个角落里。

一群儿童一次次从水沟里抱来冰块，扔在路上玩。大概因为摔碎时飞散的冰块光闪闪的很有趣吧。岛村站在太阳地里,感觉那冰块厚得令人难以相信,盯着看了好半天。

一个十三四岁的女孩一个人靠在石墙边织毛衣。防雪裤下是高齿木屐,没有穿白布袜,赤裸的足踵裂了口子。一个三岁光景的小女童坐在她身旁的木柴堆上,漫不经心地握着线团。一根毛线从小女童扯向大女孩,这根灰色的旧毛线发出温暖的光亮。

七八家滑雪板制造场里传来刨木头的声音。对面的屋檐下有五六个艺妓正站着聊天,女子也在其中。直到今天早上,岛村才从旅馆侍女嘴里知道她的艺名取作驹子。好像是她先看到岛村一个人走过来,于是露出极为严肃的表情。她一定是满脸通红,故意装出无所谓的样子吧?岛村是无暇考虑这些,驹子的脸却早已红到了脖颈。要是那样,她完全可以回一下头,可她偏偏一边局促地低着眉,一边随着他的脚步微微掉过脸去。

岛村脸上发烧,匆匆而过。驹子立即追过来。

"真叫人难为情啊,您怎么从这里经过了?"

"难为情？我更是难为情呢。你们这么多人，差点吓退了我，平时也都是这样吗？"

"可不是，吃过午饭就到这里来。"

"你红着脸吧嗒吧嗒地追过来，不是更难为情吗？"

"管它呢。"驹子干脆地说，脸上又红了。她伫立不动，又一把抓住道旁的柿子树。

"我以为您会路过我家里，才跑到这儿来的。"

"你家在这儿吗？"

"嗯。"

"给我看日记，我就去。"

"那些劳什子，我要是想死都会预先烧掉。"

"你家里有病人吧？"

"哎呀，您都知道？"

"昨晚你不也去接车了吗？披着深蓝的斗篷。我也乘那班车，就坐在病人附近。旁边有个姑娘亲切又认真地照料着病人，那是他的妻子吧？是从这里去接他的？还是从东京来的？就像母亲一样，看得我都感动了。"

"您真是,昨晚怎么没跟我说?干吗瞒着我?"驹子有些动怒了。

"是他妻子吧?"

然而,她没回答他。

"为什么昨晚不说?真是个怪人!"

岛村不喜欢女人这般厉害。不过,驹子发怒的原因既不在岛村也不在她本人,看来这也是驹子性格的展现。如此反复受到她不由分说的诘难,岛村似乎也被她触到了要害之处。今朝看见映在镜子中的驹子时,岛村自然也想起了暮景里映在火车窗玻璃上的姑娘,可是自己为什么没把这档子事告诉驹子呢?

"有病人也不碍事,反正不会有人到我屋里来。"驹子闪入低矮的石墙。

右面是覆盖白雪的田地,左面沿邻家的围墙站着一排柿子树。房前是花圃,正中间有个荷塘,里面的冰被捞到了岸边,红鲤鱼在水里游动。房子枯朽得似柿子树的老干,积雪斑驳的屋顶上的木板已经烂了,庇檐也歪歪扭扭的。

进入门内，一阵透心的寒冷袭来，岛村跟着驹子摸黑登上梯子。这确实是个梯子，上面的房间也是真正的阁楼。

"这里是蚕宝宝的房子，很惊讶是不是？"

"要是喝醉了回家，还不经常打梯子上摔下来？"

"是要摔下来。不过到时候只要一坐进被炉，大体就那么睡着了。"驹子将手伸进被炉的被子底下试了试，然后去取火。

岛村环顾这座奇怪的房子，南边只开着一扇低矮的窗户，细木格子门新贴了纸，屋内很明亮。墙壁上仔细地糊着白纸，所以好似钻进了旧纸箱子。但头顶的屋顶内部整个低俯在窗户上，脑门上仿佛笼罩着一团"黑色的寂寞"。他猜想，墙壁对面会是怎样的呢？这座房子犹如吊在空中，有一种不稳定之感。墙壁和榻榻米虽然古旧，却非常清洁。

有着蚕一般透明身体的驹子，就住在这里吗？

被炉的被子是和防雪裤一样的斜纹棉布做的，衣褡陈旧了，材质却是纹路整齐的桐木，浸染着驹子东京生活时期的馨香。与此不大相称的是那个粗糙的镜台。红漆的针线盒依然闪耀着华贵的光泽。墙上嵌着一块块木板，那是书柜吧，上面垂挂着毛织的帘子。

昨夜的宴会服挂在墙上，衬衫露出枣红的里子。

驹子拿着火铲，很麻利地登上梯子。

"虽说是打病人屋里取来的，但这火可是干净的。"她低下头拨弄炭火，头上的发髻是刚刚理好的。听说病人患的是肠结核，是回老家等死的。

"虽说是老家，少爷也不是生在这儿。这村子是他母亲的娘家。母亲在港镇当艺妓，后来就在那里当舞蹈师傅，没到五十岁就患上中风，回到这个温泉乡疗养。少爷从小就喜欢摆弄机器，进了一家钟表店，留在港镇。不久又到东京，上了夜校，身子也许吃不消了。今年才二十六岁。"

驹子一气说了这么多，但带少爷回来的那个

姑娘是谁，驹子为什么待在这个家里，依然一句都未提及。

然而，在这座悬在空中的房子里，驹子单单说这些事的声音也能传到四面八方，岛村心里很不踏实。

走出门口，一件泛着白色的东西闯入眼帘，回头一看，是桐木的三味线盒子。看上去似乎比想象中更长更大，背着这东西赴宴简直令人难以置信。正当这时，被煤烟熏黑的隔扇打开了。

"驹子姐姐，可以从这上面跨过去吗？"

声音优美得近乎悲戚，清澄得似乎是哪里传来的回声。

岛村记得，这是那个叶子姑娘从夜行火车的窗口呼叫站长的声音。

"可以。"驹子回答。叶子穿着防雪裤，蓦地跨过三味线，手里拎着玻璃尿壶。

昨晚和站长谈得很热络，又穿着防雪裤，看来叶子分明是这一带的女孩子。华丽的腰带有一半露在防雪裤外头，黄褐色的防雪裤和黑色的粗纹棉布十分惹眼，毛织的长袖也一样鲜艳夺目。防雪裤在两膝上方开衩，看起来宽松肥大，面料又是硬挺的棉布，显得很舒适。

叶子冷不丁睃了岛村一眼，一声不响地走过门口。

岛村来到外面之后，叶子的眼神依然在他额上烧得他难以忍受。那眼神像遥远的灯火一般寒冷。为什么呢？当他凝望火车窗玻璃上的叶子的容颜时，山野的灯火从她眼前流去，灯火和眼眸重合，就是那欻然一亮的当儿，岛村为着那种难以言说的美丽而惊颤不已。他抑或是因为回忆起昨夜的印象来了吧？说到这个，他也同样想起窗镜里一派白雪之中浮现出的驹子的红颜。

岛村加快了脚步。尽管生就一双肥硕、白嫩的腿脚，但喜欢登山的他，还是一边眺望着山野，一边轻松愉快地走着，不觉间便疾步如飞。对于随时拿得起放得下的他来说，那夕暮的镜子和晨雪的镜子，甚至不像是人工做的。那是一面自然的镜子，那是一个遥远的世界！

就连刚刚离开的驹子的小屋,也已经成为遥远的世界。他对自己甚感惊讶。登到坡顶,一个按摩女走来,岛村立即抓住她问:

"按摩师傅,能给我揉揉吗?"

"那么,现在是什么时辰了?"说罢,她把竹杖夹在胳肢窝里,右手从腰带里掏出带盖的怀表,用左手手指摸索着表盘。

"二时三十五分过了。我三时半必须赶到车站,不过迟一点也没关系。"

"你能清楚地知道钟表的时间?"

"我把玻璃盖子拿掉了。"

"一摸就能知道吗?"

"数字摸不到。"她又一次掏出那枚女子用起来稍大的银制大怀表,打开盖子,"这里是十二点,这里是六点,正中间就是三点。"她手指按着表盘示意说,"然后加以推算,一分不差不敢说,但绝不会有两分的误差。"

"是吗,你走坡道不怕滑倒吗?"

"下雨时女儿会来接的。晚上给村里人按摩,已经不大上山啦。旅馆的侍女说是我丈夫不放我出来，真是没法子。"

"孩子都大了吧？"

"是呀，大女儿十三啦。"她说着进了屋，默默按摩了一会儿。远方的筵席上传来三味线的声音。

"这是谁呀？"

"从三味线的音色上，你能知道是哪个艺妓弹的吗？"

"有的能知道，有的不知道。老爷，看来您过的是好日子，细皮嫩肉的。"

"没觉出僵硬吧？"

"论僵硬，脖子挺僵的。身子生得很匀称，不喝酒是吧？"

"你什么都知道啊！"

"我还知道另外三位客人，他们的身材和老爷您一样。"

"我的这种身材平凡至极啊！"

"可话又说回来，不喝酒还有什么意思呢？借酒浇愁嘛。"

"你丈夫喝不喝酒？"

"怎么不喝，真难办呀！"

"这是谁在弹三味线？好难听啊！"

"可不。"

"你也弹琴吗？"

"弹的，从九岁练到二十岁，有了丈夫之后，十五年没弹啦。"

岛村想，盲女看起来比她实际的年龄更年轻。他问道：

"你小时候学琴还是蛮扎实的吧？"

"手是已经变成按摩师的手了，但耳朵还能分辨。所以一听到艺妓弹得这么糟，心里就着急。真的，就好像过去自己弹的那样。"说着，她又侧耳细听，"这是井筒屋的文子那丫头吧？弹得最好的和弹得最差的我全都清楚。"

"谁弹得最好？"

"驹子那孩子，年纪轻轻，这阵子弹得可熟练啦！"

"唔。"

"少爷,您认识她吗?说她一手好琴艺,也只是在这座山村里。"

"不认识。不过,她师傅的儿子回来了,昨晚我和他同一趟火车。"

"噢,他病好以后回来的?"

"看样子还没有好。"

"啊?听说那位少爷长期在东京治病,驹子这孩子今年夏天当了艺妓,挣钱给他寄去了住院费,这到底是怎么回事啊?"

"你是说那个驹子?"

"既然是自己的未婚夫,能尽力的尽力做好也是应当的,可这样下去何时能了呢?"

"你说是她未婚夫,真的吗?"

"是的,听说是未婚夫。我也不清楚,都这么传的呀。"

在温泉旅馆听按摩女讲艺妓的身世,虽说极为寻常,但反而会听到一些意想不到的事情。驹子为了未婚夫去当艺妓,这也是小事一桩,不过在岛村看来，这是不可理解的。也许这件事本身就是同道德规范相冲突的。

他还想继续更深入地问个仔细，可是按摩女却沉默不语了。

驹子是师傅儿子的未婚妻，叶子是那儿子的新情人。可是，那儿子不久就要死了，岛村的头脑中又泛起"徒劳"这个词。驹子守住未婚妻的名分，甚至卖身为他挣钱治病，这不是徒劳又是什么呢？

岛村盘算着，要是再见到驹子，就迎头给她一句"徒劳"；可转念一想，他反而感到她的存在是纯粹的了。

这种虚伪的麻木中藏着寡廉鲜耻的危险性，岛村细细品味着其中的奥秘。按摩女走后，他躺下睡了，可心底一阵冰冷。一看，窗户依然大敞着。

山峡里，太阳很快掠过，寒冷的黄昏及早降临了。晦暗中，夕阳映照着远山积雪的峰峦，看起来近在咫尺。

不一会儿，远近高低的群山渐次清晰地显现

出或浅或深的襞褶，淡淡的残曛流连忘返，积雪的峰顶晚霞灿烂。

村庄的河岸、滑雪场、神社，随处点缀着一团团杉树黝黑的阴影，十分显眼。

岛村正在承受一种虚幻的痛苦折磨时，驹子仿佛伴着温暖的阳光走了进来。

听驹子说，欢迎滑雪客的筹备会就在这家旅馆举行，她应召参加当晚的宴会。驹子坐进被炉，蓦地抚摸了一下岛村的面颊。

"今晚脸很白，挺奇怪的呀。"

她就像要揉碎似的捏起他脸上柔软的肉。

"您是傻瓜！"

她有点醉了。宴会结束后，她又来了。

"不知道，我不知道。头疼，我头疼！啊，真难，真难啊！"她说着，一头倒在镜台前，醉醺醺的，脸上闪过奇怪的表情。

"我很渴，快给我水喝！"

她双手捂着脸，顾不得发型散乱，倒在地上，不久又坐起来，用冷霜洗去白粉，露出通红的面庞,独自一人得意地笑起来。但她很快又清醒了,双肩瑟瑟震颤着。

接着,她用沉静的口吻对他说,整个八月,她都在犯神经衰弱,头脑一直昏昏沉沉的。

"我担心我会发疯。我一直都在苦苦思索,却也不知道自己究竟在思索些什么。好可怕呀!一点也不能睡觉,只有到筵席上才能安稳些。夜里老是做梦,吃饭也不香,拿起缝衣针在榻榻米上戳来戳去没个完,就在大热天里。"

"当艺妓是几月里?"

"六月。要不然,我如今也许到浜松去了。"

"去成亲?"

驹子点点头。她在浜松的男人一个劲儿催她结婚。她一直不喜欢那个男人,所以很犹豫。

"不喜欢就拉倒,有什么好犹豫的!"

"不能那样说。"

"结婚?你还有那股子劲头?"

"讨厌,和这个无关。不过,我不把身边的事情安排妥帖,是不会结婚的。"

"哦。"

"您说话太随便啦。"

"那么,你和浜松那个男人有过什么瓜葛吗?"

"要是有,谁还会犹豫呢?"驹子提高了嗓门。

"不过他说了,只要我还待在这块地方,他就不许我和别人结婚。否则,他会不择手段地捣乱。"

"浜松那么个远地方,你还担心这个?"

驹子沉默了好一会儿。她一直躺着,仿佛在玩味自己身体的温暖。她突然不经意地说:

"我当时还以为自己怀孕了呢,现在想想真可笑。嘻嘻。"她掩口笑起来,立即缩着身子,孩子般用两只手紧紧抓住岛村的衣领。

紧闭的睫毛看上去宛如半睁半阖的黑色眼睛。

# 六

翌日早晨，岛村醒来，驹子一只胳膊支在火钵旁，翻开一本旧杂志，正在上头乱涂乱画。

"哎，我回不去了。侍女来添柴，真叫人难为情，吓得我一骨碌爬起来，太阳已经照到格子门上。昨晚喝醉了，就这么稀里糊涂睡着了。"

"几点了？"

"已经八点了。"

"去洗澡吧。"岛村起身了。

"不，走廊上会碰到人的。"她又变成一个规规矩矩的女人了。岛村洗完澡回来，她随即用一条手巾包住头发，动作麻利地打扫起房间。

她有些神经质地揩拭着桌腿和火钵的边缘，整理起里面的炭火也十分熟练。

岛村把腿伸进被炉，悠闲地躺卧着，烟灰掉下来，驹子用手帕悄悄擦去，拿来了烟灰缸。岛村爽朗地笑起来，驹子也笑了。

"你要是有了家，丈夫肯定成天要挨你骂的。"

"可我什么也没骂呀。人家老笑话我,说我就连要洗的脏衣服也叠得整整齐齐。生就的,没办法。"

"所以说嘛,看看壁橱,就知道这家女人怎么样。"

早晨的太阳照得屋子暖洋洋的。

"真是好天气,要是早点回去,练练琴该多好。这样的天气里,音色也不同啊。"

驹子一边吃饭,一边抬眼望着湛蓝的天空。

远处的山峦,白雪似烟,群峰包裹在乳白色的轻雾之中。

岛村想起按摩女的话,就说在这里也能练琴,驹子霍然站起身来,给家里打电话,叫把换洗的衣服和长歌[1]歌谱一起送过来。

岛村心想,昨天白天去过的那间屋子里也有电话吗?这时,他脑海里浮现出叶子的一只眼眉。

---

1 江户初期,上方(大阪、京都)地区流行的长篇三味线曲。

"是叫那个姑娘送来吗?"

"也许是吧。"

"听说,你就是那家少爷的未婚妻?"

"哎呀,您什么时候听说的?"

"昨天。"

"真是个怪人,听说就听说了呗。昨晚为何不告诉我一声?"不过,这回同昨天白天不一样,驹子一直都是一脸清纯的笑容。

"我不想伤害你,所以才没说。"

"心里根本不是这样想的,东京人,都爱撒谎,我讨厌。"

"瞧,我一开口你就打岔,不是吗?"

"不是,您真的这么想?"

"真的。"

"您还在骗人。您明明不是这样想的。"

"我一开始不理解,可是听说,你为了这门婚事当了艺妓,挣钱为他交医疗费。"

"讨厌，简直像演新派剧[1]一样。谁说我定亲了？好些人都这么看。我也不是为了别人当艺妓，不过，我能做的还是应该做。"

"你说的我一点也猜不透。"

"直说了吧，师傅也许有这番意思，觉得我和她家少爷可以在一起。这只是她的想法，嘴里从来没说过。师傅的心思，少爷和我也都约略知道些，可我俩之间并没什么。就这样。"

"你们是青梅竹马吗？"

"那倒是，可我们天南海北，不生活在一起。我去东京卖艺的时候，他一个人来送我。最早的日记第一页上，这事都写着呢。"

"要是两人都在港镇，现在说不定成家了呢。"

"我觉得不会的。"

"是吗？"

---

[1] 一种为对抗歌舞伎等旧剧产生的戏剧。明治中期，川上音二郎等人倡导创作和演出以当代事件为题材的戏剧，初以倡导自由民主思想的壮士为主角，后来脱离政治色彩，转而取材于社会问题，作为一门新的剧种而成长起来。明治末期，以结合社会现实、催人泪下的悲剧为主。此处借以比喻容易让人悲伤的话题。

"不要为别人操心了,都是快死的人了。"

"可住在外边总是不好。"

"您哪,说这些就不好啦。只要是我爱干的事,一个将死的人又怎能管得了呢?"

岛村无言以对。

可是,驹子还是对叶子的事一字不提,这是为什么呢?

还有那个叶子姑娘,在火车上像年轻母亲一样忘我地照顾着病人,把他送回家来,今早又给和这个男人有着某种关系的驹子送换洗的衣服,她究竟是怎么想的呢?

就在岛村不着边际地胡思乱想这当儿,忽然听到一个低沉而清澈的声音,正是叶子优美的呼唤。

"驹子姐姐,驹子姐姐!"

"哎,辛苦啦!"驹子走进里面的三铺席房间。

"叶子妹妹来啦?哎呀,这么重,真难为你啦!"

叶子似乎默默回去了。

驹子用指头绷断最细的第三根弦,换了新的,调准了音。其间,他已经知道她的嗓音十分清澈俊雅,打开被炉上包着一大摞乐谱的包袱一看,除了一般练习曲之外,还有杵家弥七[1]的《三味线文化谱》二十册。岛村感到很意外,他拿起一本来,问道:

"就用这些作为练习曲吗?"

"这里没有师傅,实在没办法呀。"

"家里不是有个师傅吗?"

"中风啦。"

"中风,嘴还能动啊。"

"嘴也不灵啦。教舞蹈,只能用还能动的左手纠正动作,可弹起三味线来不堪入耳。"

"只看乐谱能明白吗?"

"都明白。"

"不说良家淑女,单说艺妓,在这偏远的山里,竟然令人敬佩地专心演练高雅的三味线入门曲,

---

1  杵家弥七(1890—1942),本名赤星曜。大正五年(1916)继承第四代弥七之名。为实现三味线音乐乐谱化,呕心沥血完成《三味线文化谱》。

乐谱店老板知道了也一定很高兴吧?"

"酒宴上主要是跳舞,后来到东京也是学的舞蹈。三味线只略略记得一些,忘记了也没人给予指点,全仗乐谱啦。"

"唱歌呢?"

"哦,唱歌呀?学跳舞的时候也听熟了一些,还算凑合,新的歌是从广播里学,自己也不知道怎样。其中还有自己瞎琢磨的,想必很好笑吧。在熟人面前不出声,碰到陌生人倒能放开嗓门大声唱。"她有些羞赧,摆了摆姿势,紧紧盯着岛村的脸,仿佛在说"您点吧"。

岛村一下子被她慑服了。

他生在东京下町,从小熟悉歌舞伎和日本舞,听多了长歌,自然也就记住了词句,但他没有专门学习过。说起长歌,首先浮现在他脑海中的是承载翩跹舞姿的舞台,而非艺妓卖笑的筵席。

"真没劲,您真是个最叫人头疼的客人啊!"驹子咬住下唇,将三味线横放在膝头。不过,她就像换了一个人,认认真真摊开练习歌谱,说:

"今秋,一直都是练的这个谱子。"

她指的是《劝进帐》[1]。

琴声一起,岛村浑身顿感一阵透凉,一股清冷之气直达五脏六腑,几乎使他绷紧了面颊。三味线的弦音响彻了他那朦胧虚空的头脑,这音乐使他大为惊奇,更将他击倒在地。他承受着虔诚之念的冲撞和悔恨之思的洗礼,已经失去气力,只好随波逐流于驹子的艺术之河中,以图心神涤荡之快。

一个二十岁光景的山野艺妓,弹起三味线,琴艺竟然如此高妙,弹奏的地点虽说是筵席,但这不正像舞台上的音乐吗?岛村转念又想,这份惊喜也许只是自己对于这片山野的感伤之情所致吧。驹子有时生硬地念一句歌词,就说这里节奏太慢,很麻烦,干脆跳过去。然而,她还是不知不觉地忘情起来,渐渐提高了嗓门,弦音也愈加激越,响彻四面八方。岛村有些害怕了,这音乐

---

[1] 歌舞伎十八番之一,独幕剧。讲述了源义经为逃脱源赖朝迫害,与家臣弁庆装扮成化缘和尚,巧妙通过安宅关的故事。

究竟会传向哪里呢？于是他有些虚张声势地枕着胳膊躺下了。

《劝进帐》一曲终了，岛村放下心来："哦，这个女子爱上我了。"想到这里，他的心绪一阵悲凉。

"这样的天气里，音色也不同啊。"抬头仰望雪后的晴天丽日，他想起驹子说的这句话。既没有墙壁，也没有听众，更没有都市的尘埃，只有音乐透过这个纯粹的冬日早晨，径直飞向远方积雪的山峦。

总是面对山峡这片大自然的景观，不知不觉间，她已经将其当作听众，一直进行着孤独的练习。这早已成了她的习惯，所以弹拨的力量自然强劲起来。这孤独踏破哀愁，积蓄着野性的意志和力量。虽有几分基础，但从阅读乐谱、学习复杂的曲子，到撇开乐谱独自弹奏，她一定是靠着坚忍不拔的毅力，付出无数努力才做到的吧？

驹子的生存方式，被岛村看成虚空的徒劳，哀叹为遥远的憧憬；然而，她却凭借自身的价值，弹拨出凛凛动听的音乐！

岛村的耳朵无法辨认她是如何灵巧挥动纤指的，他单凭音乐表达的感情加以理解，但对于驹子来说，他是一名相当好的听众。

弹到第三支曲子《都具》[1]的时候，也许因为曲调本身过于柔艳，岛村紧张的心情放松了，变得温馨而安然，他一味紧盯着驹子的容颜。于是，他越发体会到一种肉体的亲迩之感。

细而高耸的鼻梁虽然显得很平常，但面孔生动、高雅，仿佛在低语："我就在这儿。"优美而鲜润的朱唇，紧紧缩在一起时，看上去光亮细腻，似乎还在微微蠕动；虽然随着歌唱时而张大，但又立即缩小下来，显得楚楚可爱，和她全身的魅力十分相合。微弯的眉毛下　眼角故意描成了直线，既不上挑，也不下垂，盈盈生辉，闪动着稚气的光芒。她没有施白粉，都市的接客生活，使她通体明净，且染上了几分山野之色。浑身的皮

---

[1] 二世杵屋胜三郎创作的长歌曲。描写东京隅田川春夏之交的美景，借助河中雌雄相从、浮沉嬉戏的都鸟歌颂爱情。

肤宛若新剥的百合或玉葱的球茎。她的颈项红润润的，看上去洁净无比。

她端然而坐，看起来像一个靓妆少女。

临了，她说眼下正在学习《浦岛新曲》[1]，一边看谱，一边弹奏。最后，她默默将琴拨子塞进琴弦，随之放松了姿势，立即变得风情万种，妩媚动人。

岛村没有说话，驹子也无心听取他的评论，她只是一味陶然自乐。

"这里的艺妓弹三味线，你只要听一下就能知道是谁吗？"

"我当然知道。不到二十个人呀。要是弹都都逸[2]就更好分辨了，这曲子最能弹出个人的特点来。"

然后，她捧起三味线，移动一下蜷曲的右腿，将琴担在小腿肚上，腰肢转向左侧，身子倾向右方。

---

1 坪内逍遥以浦岛太郎的传说为题材创作的舞蹈剧。
2 描写男女情爱的俗曲。

"从小就是这么练习的。"她瞅着琴把子唱起来:

"黑——发——的——呀……"随着稚气的歌唱,铮铮的琴声也跟着响起。

"你一开始学的就是《黑发》[1]吗?"

"哪里呀。"驹子还像小时候那样摇着头。

## 七

从此以后,驹子每每在这里过夜,也不硬要赶在天亮之前回去了。

"驹子姐姐!"廊子远处传来了尾音上挑的呼喊声,是旅馆里的小女孩。驹子把她抱进被炉,一心一意逗她玩耍,快到中午,她带着这个三岁的小女孩去洗澡,洗完澡又给她梳头。

"这孩子一见到艺妓,就尖声地叫'驹子姐

---

[1] 描写的是伊东祐亲的女儿辰姬与源赖朝相恋,却让情于政子,后来自己一边梳头,一边为相思所苦的情景。

姐'，最后一个字声音很高。照片或画里只要是留着传统发髻的，都成了'驹子姐姐'。我喜欢小孩，知道孩子在想些什么。小君呀，到驹子姐姐家里玩吧。"她站起身来，又悠闲地坐到廊下的藤椅上。

"东京人好性急呀，这么早就滑起来啦！"

这座房子位于小山之上，可以清晰地看到南面山脚下的滑雪场。

岛村也从被炉里转过头去，只见斜坡上白雪斑驳，五六个身着黑色滑雪服的人一直在山下稻田里滑着。那层层梯田，尚未被积雪掩盖，坡度也不大，选的实在不是地方。

"好像是学生，赶上星期天了吧，那样玩会有趣吗？"

"不过，他们滑的姿势都很好呢，"驹子悄声地自言自语，"人们在滑雪场上碰到艺妓跟自己打招呼，总会惊叫一声：'是你呀？'她们在滑雪场上晒黑了皮肤，别人就认不出来了。何况平时晚上她们都是化了妆的。"

"也是穿的滑雪服吗?"

"是防雪裤。啊,真讨厌,真讨厌,在筵席上一碰上,就会立即说:'明天在滑雪场再见吧。'今年不想滑雪了。再见吧,喂,小君,咱们走吧。今夜要下雪。下雪之前天气很冷啊。"

驹子走了,岛村坐在她坐过的藤椅上。他看见滑雪场前头的山坡上,驹子正牵着孩子小手往回走。

云彩出来了。背阴的山和日光照耀的山重合在一起,时阴时晴,变幻不定,显出一派薄寒的景象。不一会儿,滑雪场倏忽蒙上一片阴影。视线转回窗户下,只见干枯的菊花篱笆上早已凝结了晶莹的冰凌柱。然而,屋顶融化的雪水流进竹笕里,淙淙之声不绝于耳。

夜里没有落雪。一阵冰雹过后,下了雨。

回东京前的一个夜晚,月色清雅,空气凛冽。岛村再次叫来驹子,虽说快到十一点了,但驹子非要出去散步不可,怎么说都不行。驹子动作有些粗暴,硬把岛村拖出被炉,拉着他一道去了。

道路已经结冰,村庄寒森森的,寂悄无声。驹子撩起衣裾,掖在腰带里。月亮明净,宛如蓝色冰海上的一把利剑。

"到车站去!"

"你疯啦?来回要走七八里呢。"

"您就要回东京了吧?我去看看车站。"

岛村从肩膀到两腿都冻得发麻了。

一回到房间,驹子猝然显得神情颓唐,她把双手深深探进被炉,低着头,久久不肯去洗浴。

被炉上蒙了一层被子,褥子紧挨着地下火钵的边缘,形成一个被窝。驹子面对被炉坐在一旁,一直俯首不语。

"怎么啦?"

"我要回去。"

"瞎说!"

"好啦,您休息吧,我就这么坐着。"

"为什么要回去?"

"我不回去啦。天亮前我就待在这儿。"

"你这么闹别扭,不好。"

"我没有闹别扭,谁跟您闹别扭了?"

"那好吧。"

"嗯?我受不了呀!"

"什么呀,没关系嘛。"岛村笑了,"我不会为难你的呀。"

"不行。"

"真傻,到处乱闯一气。"

"我要回去。"

"不要走嘛。"

"受不了啦,好吧,您回东京吧。我太难受哩。"驹子在被炉上悄悄埋下头来。

所谓受不了,是在害怕在同客人的关系里越陷越深,还是在拼命压抑自己而感到痛苦?女子对他的心思之深,已经到这个份儿上了吗?岛村沉思起来。

"您快回去吧。"

"我打算明天就走。"

"哎呀,您为什么要回去呀?"驹子醒过来似的抬起头。

"可我这样一直待下去，又能为你做些什么呢？"

驹子含情脉脉地望着岛村，突然用带着些许激烈的口气说：

"您不能这样，您不能这样啊！"她焦躁地站起身子，猛然搂住岛村的脖子。

"您呀，不该这么对我说。快起来，我叫您快起来，您就快起来嘛。"她一边诉说，一边倒了下来，一阵狂乱之中，完全忘记了自己的身子。

片刻过后，她睁开温润的眼睛。

"您明天真的要回去吗？"她沉静地问道，捡起了席子上的落发。

岛村决定第二天午后三点出发。他换衣服时，旅馆伙计把驹子叫到廊下。

"行啊，就算十一个小时好啦。"驹子答道。也许连伙计也认为十六七个小时太长了。

一看账单，早晨五点回去就算到五点，翌日零点回去就算到零点，一切都按钟点计算。

驹子外套外围着一条雪白的围巾，她把岛村

送到车站。

为了消磨时间,岛村买了一些当地的土产,如掩木蓼果、滑子菇罐头之类。还剩二十分钟,他到站前高坡上的小广场散步,举目四望,原来周围雪山攒聚,中间夹着这块褊狭的土地啊!驹子一头秀发似乎太黑了,在日光照不到的山峡一派沉寂的景象之中,反而增添一层悲戚的感觉。

远方河流下游的山腹某处,不知为何,照射下来一团薄薄的阳光。

"我来之后,积雪大都消解啦。"

"不过,要是连着下上两天,立即就会达到六尺深。继续下去,连电线杆上的电灯都会埋进雪里。像您那样一边走一边想心事,弄不好就会撞到电线杆上,碰得头破血流的!"

"那么深啊!"

"听说某个大雪的早晨,前头一所镇上的中学有学生赤条条地从宿舍二楼的窗户跳进雪里,身子一下子沉下去,不见了。就像游泳一样,他们只是在雪底游来着。瞧,那边也有扫雪车。"

"很想来赏雪。但是过年时旅馆很拥挤,又怕火车被雪崩埋掉。"

"您真会享福哩!您一直过着这种日子吗?"驹子盯着岛村的脸。

"为什么不留胡子呢?"

"哎,想留啊。"他抚摸着刚刮过胡子的下巴上浓黑的须根,唇边荡起一丝皱纹,使柔润的面颊更显得精神焕发。也许驹子就是对他这一点最感兴趣吧,他想。

"我说你呀,一旦洗去白粉,一张脸就像刚刚用剃刀刮过一样啊。"

"乌鸦又叫啦,真晦气。是在哪儿叫啊?好冷!"驹子仰望天空,两肘抱着双肩。

"到候车室烤烤火吧。"

这当儿,从公路拐进车站的宽阔路面上,身穿防雪裤的叶子慌慌张张跑过来了。

"喂,驹子姐姐!行男哥哥他……驹子姐姐!"叶子气喘吁吁,像从恶人手里逃脱的孩子死死缠住母亲般,一把抓住驹子的肩膀。

"快回去！情况紧急，快！"

驹子强忍肩头的疼痛，闭起眼睛，脸色突然变得惨白，出乎意料地使劲摇了摇头。

"我要送客人，不能回去。"

岛村大吃一惊。

"送什么呀，你甭管啦。"

"这不好，我不知道您还会不会再来呀。"

"来，来！"

叶子似乎什么也没听见，她急急地劝道：

"刚才给旅馆打电话，听说你在车站，我就跑来啦。行男哥哥在叫你呢。"她拽住驹子，驹子一直忍耐着，这时忽然甩掉叶子。

"我不！"

这时，驹子跌跌撞撞走了两三步路，接着一阵恶心，她想呕吐，但什么也没吐出来。她的眼角潮润润的，双颊起了鸡皮疙瘩。

叶子呆立在那里，直盯着驹子。她的神情过于认真，看不出是恼怒、惊奇，还是悲哀。假面般的容颜使她显得十分单纯。

她猝然转过脸来,蓦地抓住岛村的手。

"哎,求求您啦,让她回去吧,快让她回去吧!"她一个劲儿高声喊叫,缠住他不放。

"好,我会让她回去的!"岛村大声对她说。

"快快回家去,傻瓜!"

"您,您在说些什么?"驹子说着,伸手把叶子从岛村那里推开。

岛村指了指站前的一辆汽车,被叶子用力抓住的手已经麻了。

"我叫那辆汽车马上送她回去,你先走吧。在这里让人看见不好。"

叶子微微点了点头:

"快点,快点!"

叶子说罢,转身跑回去了。岛村简直不敢相信这是真的,他似乎仍不满足,目送着叶子渐去渐远的背影。此时,他的心头掠过一丝不应有的疑虑:为什么那个姑娘总是这般认真呢?

叶子近乎悲戚的优美声音,眼下似乎正从雪山某处飘然而至,久久存留于岛村的鼓膜。

"上哪儿去?"岛村去找汽车司机,驹子把他拉回来。

"我不回去!"

岛村蓦地对驹子感到一种肉体上的憎恶。

"你们三人之间究竟发生了什么事情,我一字不晓。少爷也许就要死了,他很想见你一面,才派人来喊你的。老老实实回去,不然你会后悔一辈子。我们说话的当儿,要是他咽气了,怎么办?不要再犟啦,快回去,就此将一切了断吧!"

"不对,您误解我啦。"

"你被卖到东京的时候,不就是他一个人为你送行的吗?你最早的日记第一页上不是写的他吗?有什么理由不去送他一程呢?快去吧,将你写在他生命的最后一页上吧!"

"不,我不愿看着一个人死去。"

驹子的抗拒,究竟是出于冷酷的薄情,还是出于热烈的爱恋?岛村一时迷惘起来。

"还记什么日记呀?我要全部烧掉!"驹子嗫嚅着,面颊潮红。

"您啊，真是个老实人。看您这么老实，就把我的日记全都送给您吧。您可不要取笑我呀。我觉得您是个老实人呢。"

岛村胸中涌起莫名的激动。是的，他也觉得没有比自己更老实的人了。他不再强求驹子回去，驹子也闷声不响了。

驻在车站的旅馆分店的领班出来，通知他们检票。

四五个身穿黯淡冬装的当地人，默默不语地上上下下。

"我不进站啦，再见！"驹子站在候车室的窗户里侧。玻璃窗关着，从火车上看去，她就像穷乡僻壤的一家水果店的一只水果，被人遗忘在煤烟熏黑的玻璃箱里。

火车开动了，候车室的窗玻璃闪着光亮。驹子的容颜在光明之中一下子燃烧起来，又骤然消泯了。那是和早晨雪光映照的镜子中一样的红颜。在岛村眼里，那是即将告别现实世界的一种颜色啊！

从北面登上国境的山峦，穿过长长的隧道，冬日午后淡薄的阳光仿佛已经被地下的黑暗吸去了，古老的火车犹如脱去了明净的外壳一般钻出隧道，于重峦叠嶂之间，顺着暮色渐浓的山峡呼啸而下。山的这边还没有下雪。

火车沿着河流行驶，不久来到广阔的原野。山峰好似经过精雕细镂，一条条优美的斜线自顶端爰缓伸向遥远的山裾。山顶上空，月色清明，整个山体在霞光浅淡的夕空映射下，呈现一派浓丽、缥缈之色，这就是山边麓地唯一的景象。月光溶溶，没有冬夜的严寒之气。天上不见一只飞鸟。山间野地，一览无余，向左右绵延伸展，直运河岸。岸边矗立着一座水力发电站，只有这座纯白的建筑，一直映在冬日萧索的车窗里。

车窗因暖气而变得模糊不清了。暮色渐次笼罩外面的原野，窗玻璃上又映出乘客半明半暗的影像来，那是暮景之中镜子的嬉戏。这趟列车只挂了三四节褪色的车厢，和东海道[1]线不同，这是

---

1 东京到京都沿海一带的道路。

在另外的地方行驶多年的陈旧车厢，电灯也很黯淡。

岛村好像乘上了一种非现实的交通工具，不再考虑时间和距离，一味听任身子虚空地向前行进。他一旦陷入此种精神恍惚的状态，就开始将单调的车轮声听成是女人此前说的话。

这些话语时断时续，虽然简短，却显示了一个女人努力活着的意志。他听了甚感难过，而且不会淡忘。然而，对于如今远行的岛村来说，这遥远的声音，只不过给他平添了几分旅愁罢了。

也许就在这时候，行男断气了吧？她为何那样顽固，不肯回家呢？难道驹子因此再也不能和行男见面了吗？

乘客少得可怕。一个五十多岁的男人和一个面色红润的姑娘相向而坐，不住说着话。那姑娘丰腴的肩头围着黑色的围巾，肤色宛如一团燃烧的烈火。她挺着胸脯，专心地倾听着，快活地频频点头。看样子两人是出远门的旅伴。

但是，到了有烟囱的缫丝厂的那座车站，老

爷子便急匆匆从行李架上取下行李，打车窗扔到了站台上。

"我走了，有缘总会再见的。"他对姑娘打了招呼，下车了。

岛村蓦地热泪盈眶，他不由惊诧不已。这使他越发感到，自己是彻底离开了驹子，回家去了。

他做梦也没想到，他们原来是萍水相逢的两个旅人。看来男人是个行商。

## 八

正是飞蛾产卵的季节，不要把西装挂在衣架[1]或墙壁上——离开东京家里时，妻子这样叮嘱过他。来到旅馆一看，吊在屋檐边的装饰灯上果然趴着六七只橙黄色的大蛾子，里面三铺席房间的

---

[1] 原文为"衣桁"。室内晾挂衣物的木架，门形，近顶部有横木。有的单门独立，底部加平行木支撑；亦有双门或多门的屏风式，成直角或锐角曲折联立。

衣架上，也停着一只肥硕的小飞蛾。

夏天，窗户上装了防虫铁纱网，那网上也贴着一只蛾子，一动不动突露着红褐色小小羽毛似的触角，翅膀却是透明的浅绿，羽翅修长，宛若女人的纤指。对面国境上连绵的群山，经夕阳一照，已是一派秋色，因而这一点浅绿反而更显死寂。唯有前后翅膀重叠的部分，绿色才变得浓丽。秋风一来，那翅膀如一角薄纸闪闪飘动。

大概还活着吧？岛村走过去，用手指弹了弹纱网内侧，蛾子没有动。他握起拳头"咚"地敲打了一下，蛾子像一片树叶飘落下来，中途又翩翩飞走了。

凝神一看，对面杉林前，数不清的蜻蜓正一群群地飞过，如蒲公英的茸毛飘忽不定。

山脚下的河水看起来好像打杉树梢流了过去。

稍高的山坡上开满胡枝子的白花，银光闪烁。岛村一直贪婪地朝那里遥望。

岛村走出室内浴池，看见一个俄国妇女坐在

大门口卖东西。她为何要到这样的乡间来呢？岛村过去想看个究竟。只见她卖的是一般的日本制化妆品和发饰等物。

她四十出头，污秽的脸上布满细细的皱纹，裸露的脖颈倒是洁白丰润。

"你从哪里来？"岛村问。

"从哪里来？是啊，我是从哪里来的呢？"俄国妇女不知如何回答，她一边收拾东西，一边思忖着。

她的裙子像卷裹着的一片脏布，早已看不出西装的影子。她像一个过惯了日本生活的人，背起那只大包袱回去了。不过，她脚上穿的依然是靴子。

在一起目送俄国妇女回去的老板娘的劝诱下，岛村也走进柜台，看到炉畔坐着一个大块头的女子，脊背朝外。女子撩起裙裾站了起来，她穿着一身玄色的礼服。

滑雪场有一幅宣传画，画着一个女子，身着陪酒时穿的和服，下身套着棉布防雪裤，同驹子肩并肩坐在滑雪板上，岛村记得她就是画中那位艺妓。如今，她已是一个腰肢丰满、举止大方的中年女人。

旅馆老板把火筷子搭在炉子上，烤着一个椭圆形的大包子。

"吃一个吧，怎么样？这是人家送的礼物，随便尝一口吧！"

"刚才那位洗手不干了吗？"

"是啊。"

"她是位挺好的艺妓吧？"

"满期了，特来辞行的。她之前可是很叫座的呀。"

岛村对着热包子，一边吹气一边咬嚼。坚硬的包子皮散发出一股陈旧的香味，微带酸涩。

窗外，夕阳照耀着鲜红的熟柿子，那光线似乎反射到屋内梭挂钩[1]的竹筒上来了。

"那长长的，是芒草吧？"岛村好奇地望着山

---

1 原文为"自在鉤"，旧时炊具，将铁链套上竹筒吊在屋梁上，自由调节其高低，下端钩子挂茶壶锅釜，用于烧煮。

坡路。一个老婆子背着一捆芒草踽踽而行，芒草高过她身子一大截，还挺着长长的穗子。

"那个呀，那是芭茅啊！"

"是芭茅吗？是芭茅吗？"

"记得铁道省[1]举办温泉展览会时，建了一所休息室还是茶室，就是用这里的芭茅盖的屋顶。听说有东京人把这座茶室整个买下来了。"

"是芭茅吗？"岛村又一次自言自语地嘀咕着。

"看起来，山间开放的是芭茅花，我还以为是胡枝子哩。"

岛村下了火车，首先映入眼帘的是山野间的白花。陡峭的山腹上头，临近峰顶，洁白似雪，闪耀着璀璨的银光，看上去好比遍布山巅的秋阳。他不由"啊"的一声动了情。他认定那就是胡枝子的白花。

然而，走近一看，芭茅劲健的气势和那仰慕远山的感伤之花全然不同。大捆大捆的芭茅严严

---

[1] 日本管理国营铁路事务的最高行政机构。1945年改名为运输省。历经几次统合，现名为国土交通省。

实实遮蔽了背着它们的女人们的身影,擦着山路两侧的石崖沙沙作响,高扬着坚实的穗子。

回到房间一看,隔壁昏暗的灯影里,一只大个的飞蛾正在黑漆衣架上爬行,产卵。屋檐下的蛾子也吧嗒吧嗒地不住扑打在装饰灯上。

虫子大白天就"唧唧唧"地叫个不停。

驹子来得稍微晚了些。

她站在廊下,面对面盯着岛村。

"您,来干什么?到这个地方来干什么呀?"

"我来见你呀。"

"心里根本不是这样想的。东京人净撒谎,我讨厌。"

她一边落座,一边低声柔和地说:

"我不愿为您送行了,说不清是一副怎样的心情。"

"哦,我这次一声不响地回去。"

"不,我说的是不到车站去。"

"他怎么样了?"

"还用问?死了。"

"就在你送我的时候?"

"不过,和这没关系。说送行,谁能想到会那么难受啊!"

"嗯。"

"您二月十四那天干什么来着?您骗人!我等得好苦啊!您说过的话,根本不算数。"

二月十四日是赶鸟节[1],这对雪国的孩子们来说,是一年里的盛大节日。十天前,村里的孩子们就开始穿着草鞋踩雪,再将踩得硬实的雪板,切割成二尺见方的雪块堆积起来,建造积雪的殿堂。这种雪堂面积约有三十多平方,高达丈余。十四日晚上,各家新年时挂在门前的稻草绳会被集中起来,在堂前燃起熊熊篝火。这个村子的新年是二月一日,所以稻草绳有的是。接着,孩子们爬上雪堂屋顶,挤在一起,合唱《赶鸟歌》。

---

农历新年正月十四日夜至十五日,为追赶有害农田及农作物的鸟兽,祝愿当年丰收,农民会聚众齐唱《赶鸟歌》。歌曰:"鸟自何方来?来自信浓县;被何物追赶?一束湿木柴。草地与河畔,群鸟高高飞,哎哟哎哟呵……"年轻人会边唱边敲打竹籁(竹制乐器)作为伴奏,走街串巷。

然后，孩子们进入雪堂，点灯守夜，直到黎明。十五日天亮，他们还要再次爬上雪堂屋顶，合唱《赶鸟歌》。

这时候，正是积雪最深的时节。岛村本来和驹子约好了，他要来观看赶鸟节。

"我二月里正在老家，后面停了生意，想着您肯定要来，十四日就回到这里了。早知道，慢慢照顾病人该多好呀。"

"谁生病了？"

"师傅来到港镇，得了肺炎，我正好在家，他们打来电报，我就过去护理了。"

"好了吗？"

"没有。"

"都怪我呀！"岛村为自己没有守约而甚感悔恨。他对她师傅的死表示哀悼。

"算啦。"驹子连忙宽宏地摇摇头。

"虫子真多啊。"她用手帕掸掸桌子。

矮桌和榻榻米上落满了小虫，许多小蛾子围着电灯飞旋。

纱窗外侧也停着好多种斑斑点点的蛾子，在清澄的月光里浮动。

"我胃疼，我胃疼呀！"驹子两手插进腰带，一下子趴在岛村的膝盖上。

她那涂着厚厚白粉的后颈一从衣领里露出来，上面立即落满了一群比蚊子还小的蠓虫，有的眼看着死去了，有的不能动弹。

她的粉颈比起去年更加丰满了。她已经二十一岁了，岛村想。

他的膝头流过一股温润的气息。

"柜台的人见到我，一齐笑着说：'驹子，快到茶花间瞧瞧吧。'我不愿去，把阿姐送上火车，回来想美美睡上一觉，可电话打过来了。我很累，本来不想过来了。昨晚为阿姐饯行，多喝了点酒。柜台的人一个劲儿取笑，听他们说才知道是您。一年了，看来您是个一年只来一次的主儿。"

"我也吃了那包子。"

"是吗？"驹子挺起胸脯，她的脸抵在岛村膝盖上的部分留下一团潮红，看上去略带几分天真。

她说,一直把那位中年艺妓送到下下个车站才回来。

"真难办啊,从前不论干什么,大家都能立即抱成团,可现在个人主义渐渐抬头,各有各的打算。这地方也完全变样啦,来的净是些不对脾气的人。菊勇姐姐走了,我也孤单了。以前不管什么事,只要她一句话。她又是个花魁,每月香代总是不少于六百支[1],我们这里拿她当宝贝哪!"

那位叫菊勇的艺妓到了期限回老家去了。于是岛村问,她是结婚还是重操旧业呢?

"阿姐是个很可怜的女子。从前的婚姻失败了,才来这里的。"驹子迟疑了一下,她不想再说下去,随之望了望月光下的梯田,"那半山腰上不是有一座刚盖成的房子吗?"

"你是说'菊村'小酒馆吧?"

"是的,阿姐本来要嫁给那家老板的,可她

---

[1] 艺妓接客时点燃线香计算时间,月终凭线香数目领取工钱。故"玉代"亦称"线香代"。

临时改了主意,吹了。闹了好一阵子。特叫人家为自己盖了新房,刚要嫁过去,就一脚蹬了人家。原来她又有了相好的,打算同那人结婚,谁知又受了骗。一旦迷上一个人,竟会变成那副样子吗?那男子把她给甩了,如今又不能回心转意,要来房子住进去。因此,只得远走高飞,另谋出路了。想想好可怜啊!我们知道的不多,听说她有过好几个男人呢。"

"男人吗,总有五个吧?"

"可不吗。"驹子吃吃笑了,一头栽倒,躺了下来。

"阿姐也太软弱啦,她胆子小。"

"真是没办法。"

"不是吗?招人喜爱,又算得了什么?"

她伏着身子,用簪子搔了搔头皮。

"今天去送行,真叫人难过。"

"那间好容易新盖的店铺怎么样了?"

"由原配来掌管。"

"原配来掌管?那倒有意思。"

"开业的一切手续都办妥了,也只能这么处理。那位原配领着孩子,搬了过来。"

"家里怎么办?"

"撇下一个老婆子。寻常百姓的男人,却喜欢这种生活,他倒是个挺乐观的人呢。"

"游手好闲吧?大概上了几分年纪。"

"还年轻,三十二三光景。"

"哦?那么说,小老婆要比原配大呀!"

"一般大,都是二十七。"

"菊村就是菊勇的'菊'字吧?那店果真交给原配了?"

"一旦打出招牌,就不好变卦啦。"

岛村合上衣领,驹子过去关窗户。

"阿姐对您很了解,今天还问起您来着。"

"她来辞行,在柜台碰见过。"

"都说些什么?"

"没说什么。"

"您知道我的心情如何?"驹子又一下子把刚刚关紧的窗户打开来,身子一跃坐到窗台上。

过了一会儿，岛村说：

"这里的星光和东京完全不同，看起来好像飘浮在空中。"

"因为是月夜嘛，也不总是这样。今年的雪好大呀！"

"火车好像常常不通吧。"

"是啊，很可怕。五月里才通汽车，比往年晚个把月呢。滑雪场不是有一家小商店吗？二楼被雪崩冲毁了，楼下的人一点不知道。听到一种奇怪的响声，还以为是厨房的耗子闹腾的，出去一看，根本没有什么耗子，楼上全堆满了雪，挡雨板也被卷走了。虽说是表层雪崩，广播里却大肆报道一通，吓得滑雪客再也不敢来啦。今年也不打算滑雪了，年前早把滑雪板送了人。不过也还是滑了两三次。你看我，是不是很奇怪？"

"师傅死了，你怎么办呢？"

"人家的事，您就别管了！二月里不是一直在这儿等您吗？"

"回到港镇，悄悄给我写封信不就得啦？"

"才不呢,干吗那样可怜兮兮的!给您的信,连您夫人也能看,那才真叫可怜呢。我犯不上因为顾忌谁而自欺欺人!"

驹子疾风暴雨地好一阵数落着,岛村频频点头。

"您不要坐在虫子窝里,关掉电灯算啦。"

月色皎洁,照在女子的耳郭上,清晰地映出凹凸的阴影。冷冷寒光如一根根银针刺进榻榻米的深处。

驹子的嘴唇柔美而滑润,如水蛭身上的环节。

"好啦,放我走吧!"

"还是那么着急。"岛村转过头去,对着那张奇妙的、略显饱满的桃圆脸,就近仔细地瞧。

"大伙都说,和十七岁刚来那阵子毫无区别。生活嘛,本来就是千篇一律啊。"

她仍保有北国少女特有的火一般红艳的脸庞。艺妓风格的肌肤经月光一照,越发泛起贝壳似的光亮。

"可我家里还是变了,您知道吗?"

"你师傅死了,你已经不住在那间蚕房里了。新搬的地方是个真正的香巢[1]了,对吗?"

"您是说真正的香巢?可不,店头贩卖粗点心和香烟,也还是我一个人。这回成了替人打工的了,夜深了,我就点上蜡烛看书。"

岛村抱着她的肩头笑了。

"人家装了电表,不好意思再浪费电了嘛。"

"是呀。"

"不过,也就是替人干活呗。这家人待我很好,孩子哭了,太太怕打扰我,就抱到外面去。什么都不缺,只是有时床铺歪歪斜斜,不好看。回来晚了,他们早给我重新铺好了。有时被褥叠得不整齐,被单打皱了,看着心里觉得别扭,可自己又懒得再铺好。人家一片好心,真是很难得。"

"你要是有了家,只怕更苦了。"

"大伙都这么说,天生的嘛。家里有四个孩子,

---

[1] 原文为"置屋",指艺妓之家。置室内禁止狎客游兴,仅可应扬屋(即召见花魁之所)和茶屋之召,由置屋派出艺妓前去。

东西扔得乱七八糟,我成天里里外外跟着收拾。等规整好了,又不知会被弄成什么样呢。但总得有人管,否则哪里坐得住啊。我琢磨着,只要境况允许,我会活得更体面些的。"

"是啊。"

"您知道我的心情吗?"

"知道。"

"知道什么?说说看。快呀,快说说嘛。"驹子突然紧追不舍,声音也尖厉了。

"瞧,说不出来不是?撒谎!您花天酒地过日子,是个很马虎的人。您不懂!"接着又放低声音,"可悲呀,我是个傻瓜。明天您也回去吧!"

"你这样步步追逼,我哪能一下子说得清楚?"

"有什么说不清楚的?您呀,在这一点上,不可指望。"驹子又气馁地沉默不语了。她双眼紧闭,心想,岛村不会放着自己不管的吧?

半晌,她很知趣地摇摇头说:

"一年来这么一次,也行。只要我还在这儿,您一年务必来一趟啊！"

她说期限是四年。

"待在老家时，做梦都想不到又出来做营生，滑雪板也送人了，要说干成的事，就只有戒烟啦。"

"对对。以前你抽得很厉害。"

"嗯。筵席上客人送的，我都悄悄装在袖袋里，每次归来，都有好几根呢。"

"四年也够长的。"

"很快就会过去的。"

"好暖和。"驹子挨过来，岛村一把抱起她。

"生来就是个暖身子呀。"

"早晚要冷起来啦。"

"我到这里五年了，开始很担心，这个地方能住下去吗？铁路开通前，这里更冷清。离您第一次来，也有三年了。"

岛村思忖着，不到三年自己来了三次，每一次都看到了驹子境遇的变化。

几只纺织娘急急地鸣叫起来。

"好心烦呀。"驹子说着，离开他的膝头。

北风吹来,纱网上的蛾子一齐飞了。

她浓密的睫毛闭在一起,看上去仿佛半张半阖的黑眸子。岛村虽然早知道这些,但还是就近窥视了一番。

"一戒烟,就发胖。"

她腹部的脂肪增厚了。

一旦别离,再难寻觅,眼见着他们又找回了过去的亲昵之情。

驹子一只手伸进前胸。

"一边怎么变大啦?"

"傻瓜,还不是他的坏习惯,专揉一边。"

"好个你呀,真讨厌!瞎说,你真坏!"驹子立即上火了,岛村想起是怎么回事了。

"下次跟他说,两侧平均使力气。"

"是要平均吧?要叫他平均,对吗?"驹子温存地把脸贴了过去。

这间屋子位于楼上,蛤蟆围着房子四周乱叫。听起来不是一只,而是两只,三只,一同爬行,久久地鸣叫着。

驹子在室内浴场洗完澡,怀着一副安闲的心情,又沉静地谈起自己的身世来了。

这里初检时,她以为和雏妓一样,只需敞开胸脯。后被人取笑,大哭了一场。她连这些都说了。只要岛村问起,她什么也不在乎。

"我呀,那事可准时啦,每个月都是提早两天来呢。"

"那要是碰到赴宴,不是挺糟糕吗?"

"哎,您连这都懂啊?"

每天到著名的温泉浴场洗洗澡,暖暖身子,每逢赴宴,打旧温泉到新温泉来回要走七八里路。加上山间生活很少熬夜,身子骨健康而强壮。可她却生就一副艺妓常有的小腰身,骨盆又窄又厚。其实,引得岛村千里迢迢来相会的,只不过是她那种深深的哀愁。

"像我这样的人,还能不能生孩子呀?"驹子十分认真地问道。难道她认为,只要跟一个男人交往下去,就等于是夫妻了吗?

岛村这才第一次听说驹子有这么个男人,打

十七岁起一直相处了五年。岛村很久以前就对她的纯真感到吃惊,由此更能看出,她是多么无知和缺乏警惕。

驹子刚出道没多久,为她赎身的那位恩客就死了,之后她回到港镇,也许就同这个人好上了。不过她从开始到现在都讨厌他,所以两人的关系不很融洽。

"能维持五年也很不容易啊!"

"曾有两次要分手,一次是来这里当艺妓时,另一次是从师傅家搬到新家的时候。都怪我太懦弱,我真是个意志薄弱的人啊!"

听说那个男人住在港镇,她留在那里不方便,所以趁着师傅来这座村子,就也跟过来安顿在这里了。人倒也随和,可她从未想过要嫁给他,说起来好可怜。二人年龄相差很大,那人只是偶尔来一次。

"怎样才能了断呢?我时常想,索性变得浪荡些好了。我真的这么想过呀!"

"不能那样。"

"还是不该放纵自己,由着性子可不成。我很爱惜自己的青春的身子,只要我愿意,就能将四年期限改成两年,可我不想勉强自己,身体要紧啊!硬撑着也能挣好多支香。有了期限,不至于使主家吃亏。多少月钱,多少利息,多少税金,再加上伙食补贴,按月算得清清楚楚。我不想硬要多揽活,要是上宴会太麻烦,即刻拔腿一走了之。除了熟人点名相邀,太晚了旅馆也不会传话过来的。要是自己大方起来,哪里还有个底?随赚随花,落得轻松自在,也就罢啦。本钱也归还一半了,还不到一年哩!可零花钱的开销,月月也要三十元呢。"

驹子说每月能挣上百八十块就行了。上月客人最少,香只到三百支,六十元。她赴宴九十多回,次数最多,每次宴会都有一支香代的钱归她自己所有,虽说主家这一次亏了,但只要人情在,还会不断赚回来。据说这家温泉浴场,借钱不还不断拖欠的艺妓一个也没有。

翌日清晨,驹子依然起得很早。

"我正梦到同插花师傅一起打扫这个房间,然后就醒啦。"

移到窗边的镜台映着满是红叶的山峦。镜子里秋天的太阳十分耀眼。

粗点心店的女孩拿来了驹子的替换衣服。

"驹子姐姐!"隔扇的暗角里传来的,不再是那个叶子姑娘清澈而悲戚的声音。

"那姑娘怎样了?"

驹子蓦地扫了岛村一眼。

"老是去上坟。还记得吗?滑雪场山下有块荞麦田不是?开满白花,没看见左面有座坟墓吗?"

驹子回去之后,岛村也到村里散步。

白粉墙的屋檐下,女孩子穿着大红色的灯芯绒防雪裤,在玩皮球。秋天确实来临了。

这里有好多座老式风格的房子,令人想起"参觐交代"[1]的时代。庇檐深广。楼上的窗棂只

---

1 江户时代,地方诸侯(即大名)定期到江户(东京)朝拜将军,所经之地,沿途设置许多驿站,供给食宿。作为越后国的出口,汤泽町是重要的驿圷。当地出产的熊胆、山菜等,也是山民一大收入。1925年,上越北线始通汤泽。

有一尺高，又细又长。檐端吊着茅草帘子。

土坡上围着一道长满丝芒草的篱笆，绽开一片淡黄色，每一根丝芒草的细叶，都向四面八方伸展开来，状如喷水，好看极了。

道路旁边的向阳处铺着稻草席子，叶子在上头打赤豆。

一粒粒亮晶晶的赤豆，从干枯的豆荚里蹦出来。

大概因为头上包着手巾，叶子没有看见岛村。她张开穿着防雪裤的两个膝头，一面打赤豆，一面用那清澈而悲戚、可以传遍山野的声音唱着歌：

  蝶儿舞，
  蜻蜓翔，
  蝈蝈山上叫嚷嚷，
  松虫、铃虫、纺织娘。

## 九

还有一支歌:

杉林里,晚风刮,
飞起一只大老鸹。

从窗户里俯瞰杉林前,今天也有一群蜻蜓飞流而过。天近黄昏,它们的飘游只好匆匆忙忙,加快速度。

岛村出发前,在车站的小店里,看到新出版的有关这一带的登山指南,买了一本。他随意地翻看着,书里写道:从这间屋子一眼便可看到国境上的群山,其中一座山峰附近,蜿蜒的小路边有个美丽的池沼,附近长满这一带特有的各种高山植物,繁花似锦。夏天,红蜻蜓款款飞行,有时会停在游人的帽子、手,甚至眼镜框上,那悠闲的样子,都市的蜻蜓比起来相差万里。

可是,眼下的这群蜻蜓,好似正被什么人追

逐一般,急急地飞翔,它们要赶在暮色降临之前逃脱,以免被黝黑的杉林吞没了身影。

远方,夕照遍山。可以清晰地看到红叶自山顶开始次第变红了。

"人是脆弱的,要是从山上摔下来,立即就会粉身碎骨。但是据说熊等动物,打再高的山崖上滚下来,身子也一点都不会受伤。"岛村想起了今朝驹子说的话。当时她指着那座山,告诉他又有人遇难了。

人假如和熊一样长着又硬又厚的毛皮,官能就大不一样了。人相互爱慕,爱的是对方的细皮嫩肉,想到这个,岛村遥望夕晖里的群峰,感伤地眷恋起人的肌肤来了。

"蝶儿舞,蜻蜓翔,蝈蝈……"提前吃晚饭的时候,不知是哪个技艺拙劣的艺妓,弹着三味线,唱起了这首歌。

登山指南上只是简单地标着道路、日程、住宿以及费用等,反而可以自由地想象。岛村当初认识驹子,也是在残雪尚存、新绿渐萌的山间旅行之后来到这座温泉乡的时节。眼望着留下自己脚印的山峰,想到如今正是秋天登山的季节,他的一颗心早已飞到山里去了。一无所成、游手好闲的他,艰难跋涉于山野之间,这正是不折不扣的徒劳!唯有如此,他才感受到一种非现实的魅力。

一旦远离,就会不住思念驹子,而一来到她身边,又令他觉得,那种对人的肌肤的怀恋,和他对山野的向往,皆如月陶醉于同一种梦境。是因为安下了心来,还是他太过于亲昵她的肉体?又或许是驹子昨晚刚在这里过夜吧。如今他独自静静地呆坐着,期待着驹子翩然而至。一群徒步旅行的女学生嬉戏打闹,听着她们热烈欢快的叫喊,岛村昏昏欲睡,及早进入了梦乡。

似乎就要下雨了。

第二天醒来时,驹子已经端坐桌前看书了。她随身穿了一件丝绸外褂。

"醒啦?"她声音沉静,朝这边看了看。

"怎么啦?"

"您醒了吗?"

岛村怀疑她是偷偷来睡在这里的。他环顾一下自己的床铺,拿起枕畔的钟表一看,才六点半。

"好早啊!"

"可是侍女早就来生过火啦。"

一大早,铁壶里就冒出了水汽。

"起来吧。"驹子站起身,坐到他的枕头旁边,一副主妇的表情。岛村伸着懒腰,顺势抓住女人膝头上的手,摆弄着她小指上弹琴磨出的茧子。

"我好困呀,不是刚刚天亮吗?"

"您一个人睡得舒服吗?"

"还好。"

"您呀,还是不肯留胡子。"

"对啦对啦,上次分别时,你说过来着,是叫我留胡子的。"

"忘了也就算啦。下巴总是刮得青凛凛、光秃秃的。"

"你还不是一卸了白粉,脸上就像刚刮过一样吗?"

"腮帮子又鼓起来了吧?白白的面孔,没胡子,睡了看起来模样很怪,圆乎乎的。"

"看着就很温柔吧?"

"看着就没指望。"

"讨厌,你是不是一直死盯着我看?"

"可不。"驹子哧哧笑着点点头,先是微笑,接着就着火般地大笑起来。她不知不觉握紧了他的手指。

"我躲在壁橱里,侍女一点也没觉察。"

"什么时候藏进去的?"

"不就是刚才吗?侍女来生火的时候呀。"

她想起来就大笑不止,脸忽然红到了耳根,为了掩饰,她抓起被头扇着风。

"起来,快给我起来呀!"

"好冷。"岛村紧紧抱着棉被。

"旅馆的人起床了吗?"

"不知道,我从后山上来的。"

"后山?"

"顺着杉林爬上来的。"

"那里有路吗?"

"没路,可很近。"

岛村吃惊地望着驹子。

"我来谁也不知道。厨房里有响声,但大门还是紧闭着的。"

"你一直起得很早吧?"

"昨晚上没睡好觉。"

"知道下雨吗?"

"是吗?那里的山白竹都湿了,原来是雨淋的呀。我走了,您再睡一会儿,歇着吧。"

"我起来了。"岛村攥住女人的手,一跃出了被窝。他走到窗前,俯视着女人上山的路径,遍布着茂盛灌木的山脚下,长着一片茁壮的山白竹。那里是连接杉林的山丘地带,窗下的稻田里种着普通的蔬菜,有萝卜、白薯、葱和山药等,在朝阳的照射下,他第一次发现每片叶子的颜色都不同。

伙计站在通往浴场的走廊上,给泉水里的红鲤鱼喂食。

"天一冷，鱼也不肯吃食了。"伙计对岛村说。

于是，他对着浮在水面的干蚕蛹屑瞧了老半天。

驹子干干净净地打着坐，对洗澡回来的岛村说：

"待在这种清净的地方，做做针线活该多好！"

房间刚打扫过，稍显陈旧的榻榻米上，秋日的太阳深深地射进来。

"你会做针线活吗？"

"这话真失礼。几个姐妹里数我最苦。想起我长大成人那几年，正逢家境贫寒的时候。"她喃喃自语，突然提高嗓门，"侍女一见到我，满脸疑惑地问：'驹子姑娘，什么时候来的？'我总不能一直钻壁橱呀，那多难为情。我回去了，要尽快洗个澡。不然，等头发干了，再到梳头师傅那里去，就赶不上中午的宴会了。虽说这里也有个宴会，但是昨夜才来通知我，我已经答应了别的地方，来不了啦。星期六，忙得很，没空过来玩啦。"

驹子尽管这么说着,却迟迟不愿意离开。

她不去洗头了,把岛村带到后院,大概她刚才是打这里悄悄溜进来的,过道上放着驹子的湿木屐和湿布袜子。

她原本爬上来的那片山白竹林现在看样子是走不通了,于是他们只好顺着田埂向有水声的方向走去。河岸变成了幽深的悬崖,栗子树上传来孩子的叫喊。脚边的草丛里落了几颗毛栗子,驹子用木屐踩碎外壳,剥出了果实,都是些小栗子。

对岸是倾斜的山腹,芭茅的花穗盛开着,银光闪耀,飘摇不定。那炫目的白色,又像飞翔于秋空里的透明幻影。

"到那边看看吧。那里有你未婚夫的坟。"

驹子倏忽挺立身子,盯着岛村看了看,猛地把手里的栗子掷向他的脸孔。

"你总是耍弄我!"

岛村来不及躲避,栗子在额头上砸出噼噼啪啪的声音,疼极了。

"那座坟和你什么缘分,也劳你去参观一番?"

"干吗那么当真?"

"对我来说,这可是正经事,不像你,只顾自己整天享清福!"

"谁整天享清福了?"他有气无力地嘟囔着。

"我问你,为何要提未婚夫什么的?我从前不是反复对你说过吗?他不是我的未婚夫,你忘啦?"

岛村当然没有忘,他记得驹子这样说过:

"师傅或许希望我和少爷在一起,但也仅仅是心里这么想,嘴上从来没有提到过。对于师傅的这番心意,少爷和我都约略知道些。不过,我们两个从未有过些什么。各人有各人的生活。我被卖到东京的时候,只有他一个人为我送行。"

那男子病危时,她住在岛村这儿。

"我愿意干什么就干什么,一个将死的人怎能管住我呢?"她曾经孤注一掷地说。

而且,正当驹子送岛村到车站的当儿,病人

情况突变,叶子来接驹子回去,驹子断然拒绝,没有回去,从而未能见到最后一面。这样一来,岛村对那个叫行男的人印象很深。

驹子一直避而不谈行男的事。但就算不是未婚夫,为了给他挣医疗费而跑到这里当艺妓,这无疑也是出自"正经事"的考虑。

被栗子砸到了脸上也不见岛村生气,驹子一时有些惊讶。她有些不忍心,即刻和他厮磨起来。

"我说,您真是个老实人,看来,心里有什么伤感的事吧?"

"树上的孩子正看着哪。"

"真闹不懂,东京人太复杂,周围一吵闹,注意力就消散。"

"什么都消散得干干净净了。"

"迟早连生命都会消散的。去上坟吧。"

"还去吗?"

"瞧,您根本不愿意去上坟,对吗?"

"只是怕你有所顾忌呀。"

"我一次也没去过,是有顾忌,真的。一次也没去过。如今,师傅也一起埋在这里了,我感到对不住师傅,越发不愿去上坟了。因为总觉得有些虚情假意。"

"复杂的是你才对吧?"

"为什么?人活着的时候,没有向他表白心事,死了之后,总要说说清楚吧。"

杉林一派寂静,能听到冰冷的雨滴掉落的声音。打这里穿过去,沿滑雪场下面再走一段路,就到了坟场。高高田埂的一角里,竖立着十座古老的石碑和一尊地藏菩萨像,菩萨寒碜地裸露着身子。没有鲜花。

地藏菩萨像后低矮的树荫里,蓦然浮现出叶子的前胸。叶子似乎也有些意外,绷着脸孔,一副认真的表情,目光如火,直直瞧着这边。岛村对她点点头,突然就兀立不动了。

"叶子妹妹好早啊。我呀,正要去梳头师傅家呢……"驹子正说着话,一股黑色的旋风卷地而来,激得她和岛村缩成一团。

一列货车打眼前通过。

"姐姐——!"一声呼喊穿透震耳欲聋的巨大声响传来,货车黝黑的车门里,一个少年不停挥动着帽子。

"佐一郎——!佐一郎——!"叶子呼叫着。

这是她在雪中的信号所呼叫站长的嗓音,犹如在徒然地呼唤船上远游的亲人,那声音优美而悲戚。

货车驶过去了。铁路对面的荞麦田里,如雪的繁花静静地在红色的茎上绽开,眼前一片鲜明耀眼,让人觉得仿佛刚刚取下眼罩。

冷不丁碰到叶子,他俩没有注意火车通过,然而,似乎有一种东西被这趟货车裹走了。

这之后,叶子的声音似乎比轰隆的车轮留下了更长久的余韵。纯洁的、充满爱意的呼唤仿佛依然在天上回荡。

叶子目送着火车。

"弟弟在车上,我要去车站看看。"

"火车也不会在车站等着你呀。"驹子笑了。

"是啊。"

"我呀,不会给行男哥哥上坟的。"

叶子点点头,迟疑了一下,就跪在坟前,双手合十。

驹子伫立不动。

岛村转头看看地藏菩萨,三面长脸,两手合掌于胸前,左右还各有另外两只手。

"我梳头去啦。"驹子对叶子说罢,沿着田间道路走回了村子。

当地土话中,有一种叫"禾台"的东西:在两棵树之间,用竹子或木棒绑捆扎成晒衣竿的样子,分成几段,挂上稻子晾晒,看起来像高大的稻草屏风——岛村他们经过时,百姓们正在路边做"禾台"。

穿着防雪裤的姑娘身子一扭,就投过来一个稻捆,站在高处的汉子,灵巧地一把抓住,双手捋了捋,分开来搭在竿子上。他们习惯了,悠闲而手脚熟练地重复着相同的动作。

"禾台"上挂着稻穗,驹子珍惜地捧在手里仔细端详,轻轻晃动着。

"这稻子真饱满呀,摸一摸心里也舒畅,和去年大不一样啊!"她眯起眼,用心体会着稻谷的触感。一群麻雀自低空胡乱地飞了过去。

路边的墙壁上残留着陈旧的布告,上面写着——

插秧工工钱协约:男工每天工钱九角,包伙食。女工按六折算。

叶子家里也设了"禾台",搭建在离公路稍远的洼地稻田里。庭院左首,是邻家高大的"禾台",架在白粉墙边的一排柿子树上。稻田和庭院之间也有"禾台",同柿树上的"禾台"构成直角,一端的稻穗底下开了小门,人就从那里出出进进。没脱粒的稻穗不能做草帘子,就正好搭成稻棚子了。旱地里枯萎的大丽花和玫瑰园前,山芋舒展着浓绿的叶子。放养红鲤鱼的荷花池被"禾台"遮住了,看不见。

去年驹子住过的那间蚕房的窗户,也被挡住

了。

叶子娇嗔地低着头,钻过稻穗底下的小门回去了。

"家里就她一个人吗?"岛村目送着那稍微前屈的背影问道。

"大概不会吧。"驹子冷冷地回答,"啊,烦死啦。不去梳头了,都怪你多嘴多舌,打扰人家上坟!"

"是你太固执,不愿在坟场见到她。"

"你根本不了解我的心情!回头有空我再去梳头,也许会晚些,不过我一定会去你那儿的。"

凌晨三点钟。

突然,"哗啦"推开障子门的声响将岛村惊醒,驹子扑通一声躺倒在他身上。

"我说来,就来,对吧?我说过要来,这不就来了?"她剧烈地喘息起来。

"看你醉成什么样子了。"

"是吧?我说来,一定来。"

"哦,你是来了。"

"来的路上看不见，看不见啊，唉，苦死啦！"

"真难为你，是怎么爬过那段山坡的呢？"

"不知道，谁还记得。"驹子翻转过来，滚动着身子。岛村不堪其苦，想坐起来，因为还没睡醒，不由摇晃了一下，头颅倒在一个灼热的东西上了。

"简直是一盆火！傻瓜。"他吃了一惊。

"是吗？火枕可是会把你烫伤的呀！"

"真的。"岛村闭起眼睛，一股热流直冲脑门，他切实地感到了生命的活力。驹子剧烈的喘息，传递着一种实实在在的东西。这东西像是一种难以割舍的悔恨，又像是一颗安然期待复仇的心。

"我说来，这不就来了？"驹子只是重复着这句话。

"我算来过了，这就回去。我要去梳头。"

她爬起来，咕嘟咕嘟地喝水。

"你这副样子，不能回去！"

"回去，有伴儿。洗澡的用具呢，到哪儿去啦？"

岛村站起来,打开电灯,驹子双手捂着脸,趴在榻榻米上。

"讨厌!"

驹子身穿袖口有金丝镶边的漂亮夹衫,外面罩着黑领睡衣,系着一根窄腰带。因此,看不到贴身内衣的领子。她醉态蒙眬,连脚底板都泛着殷红,畏葸地蜷缩着,显得十分可爱。

看来她把洗澡的用具都扔掉了,肥皂、梳子散落在地上。

"剪吧,剪刀我拿来啦。"

"剪什么呀?"

"剪这个。"驹子的手伸向脑后的头发。

"在家时想剪掉头绳,可手就是不听使唤,特来这里,想叫你给我剪一剪。"

岛村分开女人的发髻,剪去了头绳,每剪掉一处,驹子就甩甩头发,心情也渐渐沉静下来。

"现在几点?"

"已经三点了。"

"哎呀,这么快呀?可不能把真发剪了呀。"

"怎么扎这么多绳子？"

他抓起一束假发卷，假发的发根热乎乎的。

"已经三点了吗？一回来这里，倒头就睡了吧？和朋友约好了，是她们请我的。也许不知我到哪儿去了。"

"她们在等你吗？"

"去公共浴场洗澡来着。三个人，有六场筵席，只能赶四场。下周是红叶季节，很忙。谢谢啦！"她疏理着散乱的头发，仰起脸来，眯着眼睛，微笑了，"不管它，嘻嘻嘻，真好笑呀。"

随后，她惋惜地拾起一束假发。

"叫朋友们久等，这不好。我走啦，回来不再路过这里啦。"

"认得清路吗？"

"认得清。"

她踩到了自己的衣裾，身子摇晃了一下。

早上七点和凌晨三点，挑着特殊的时间，一天瞅空子来两次，岛村想想，觉得真是非同寻常。

十

旅馆的伙计们像过年扎门松[1]一样，将红叶装饰在大门口。这是为了欢迎赏枫的客人。

一个临时雇用的领班口气生硬地指挥着，这人曾自嘲为一只候鸟，新绿至红叶这段时间，他在附近山间温泉一带干活，冬天到伊豆半岛的热海、长冈等地的温泉浴场做工。每年他都不会固定待在一家旅馆里。他吹嘘自己对于伊豆的繁华温泉浴场极富经验，背地里总说这些山间浴场不会好好招待客人。他一边搓着两手，一边盯住客人不放，露出一副毫无诚意、低三下四的嘴脸。

"老爷，您知道木通果吗？要想尝尝，我这就给您拿来。"他冲着散步回来的岛村说。他把结着果实的蔓枝都挂在红叶枝头了。

这些红叶打山上砍来后就高高挂在屋檐上了，旅馆的大门顿时一片鲜红，十分惹眼。一片片红

---

[1] 一种日本新年专用的竹子和松叶做成的装饰品，常放置在门口祈福。

叶硕大无比。

岛村握着冰凉的木通果,向柜台里瞥了一眼。叶子端坐在炉边。

老板娘用铜壶温酒[1]。叶子和她相向而坐,老板娘每当说起什么,叶子总是认真地点点头。她没有穿防雪裤和外套,身上只有一件刚浆洗过的丝绸和服。

"她是来帮忙的吗?"岛村不经意地问那个领班。

"哦,托您的福,人手不够,没法子呀。"

"和你一样?"

"哎。虽然是乡下姑娘,却有些与众不同啊!"

看来叶子是在厨房做事,还没有上过筵席。客人一多,厨房的侍女就大声嚷嚷,可其中就是听不见叶子优美的嗓音。负责整理岛村房间的侍女说,叶子临睡前喜欢在浴槽里唱歌,可他未曾听到过。

---

1 将铜制水壶埋在火钵一侧的炭火中,用以烫酒。

不过，一想到叶子待在这家旅馆，岛村总觉得不便再招驹子来了。尽管驹子的爱情一直交付于他，但因着他自身的空虚，只把这看作美丽的徒劳。然而，另一方面，驹子对于生命的渴望，也像她那赤裸的肌体，深深触动了他。他可怜驹子，也可怜自己。岛村察觉到叶子似乎长着一双慧眼，什么都瞒不住她那犀利的目光。于是，他也为这个姑娘所吸引了。

不等岛村召唤，驹子当然也会主动上门的。

他去溪流深处观赏红叶时，曾经从驹子家门前经过。当时，她听到车声，心想一定是岛村来了，就跑出去看，他却连头也没有回。他真是个薄情郎！她呢？只要被叫去旅馆，就会去岛村房间，一次也不落。每逢去温泉浴场洗澡，也要路过这里。一有宴会，她总是早出发一小时，先到岛村这里玩，等侍女来叫再过去。她时常逃席来找岛村，对着镜台匀匀脸。

"我要去干活。我要做生意，好吧，做生意挣钱。"她说着，走了。

不知为什么，她回去的时候，总是将琴拨子袋、外褂等随身带来的东西，丢在他的房间里。

"昨夜回来，没有烧好的开水，到厨房里盛了碗饭，稀里哗啦浇上早晨剩下的黄酱汤，就着腌咸菜吃了，冰冷冰冷的。今早家里没人叫我，睁开眼已经十点半了。本来打算七点起床后就过来的，结果没做到啊！"

就连这些事，还有筵席上都有哪家人，席间是什么情景，都要絮絮叨叨报告一遍。

"我还会来的。"她喝了口水站起来。

"也可能不来了。三十位客人的筵席，只有三个人陪，忙得抽不开身呀。"

然而，过一会儿她又来了。

"累死啦，三十个人只有三个人陪，她们两个一老一小，苦了我啦！客人又都是小气鬼，肯定是哪个旅行团的。三十个人至少也得六个人陪着。我喝上几杯吓唬吓唬他们去。"

天天如是，究竟会走到哪一步呢？驹子也想把自己的身体和心思一概掩藏起来，可是她这种孤独的志趣，反而使她更加风情万种。

"走廊里有响声，多难为情啊！放轻脚步，还是有人能听到。打厨房穿过吧，人家就会取笑说：'驹子，又去茶花间吗？'我还从未想到过，自己会这般顾忌别人。"

"地方小，不自由嘛。"

"大家都知道了。"

"这可不行。"

"是啊，一旦稍稍坏了名声，在这块小地方，就很难混下去了。"说罢，她抬起头来，笑了，"哎，也没关系，我们到哪里都一样干。"

这种发自肺腑的大实话，使得坐食祖产的岛村甚感意外。

"真的，到哪里都是一样干，用不着瞎担心。"

从女人那一派淡然的口气里，岛村听出了她的心声。

"这就行啦。因为唯有女人，才会真心爱上一个人。"驹子低俯着略显红润的脸孔。她的后衣领张开了,背部到双肩形成一个洁白的扇形,浓浓笼着白粉的肌肤悲惋地聚拢起来,看上去好似一块毛织物,又像背负着一只小动物。

"当今的世道是这样啊。"岛村嘀咕着,又悚然地觉得这话是多么空洞。

"什么世道都一样。"驹子倒很单纯。

她扬起脸来,又莫名其妙地加了一句:"你不知道吗?"

她的贴身石榴红内衣被掩住了。

岛村正在翻译瓦莱里[1]、阿兰[2],还有俄国舞蹈流行年代法国文人的舞蹈理论,计划自费出版一小部分精装本。这种书对日本舞蹈界毫无作用,但正因如此,他反而心安理得。通过自己的工作嘲弄自己,也有一种类似撒娇的愉快。抑或他那

---

1 瓦莱里(Paul Valery,1871—1945),法国象征派诗人、评论家。主要著作有诗集《幻美集》《海滨墓园》,评论《达·芬奇方法引论》《关于舞蹈》等。

2 阿兰(Alain,本名Emile Chartier,1868—1951),法国思想家、教育家。主要著作有《我的思想历程》《幸福散论》《关于精神和热情的八十一章》等。

哀婉的梦幻的世界正是由此而生的吧。因此，他不急着出外旅行。

他用心体察昆虫们愤懑致死的情形。

秋日渐凉，他房间的榻榻米上每天都有死去的虫子。翅膀坚硬的虫子一旦腹部朝天，就再也翻不回来了。蜂子走上几步就倒下来，再走再倒。随着节令的推移，这虽然属于自然的消亡，安静的死灭，然而走近一看，它们竟是震颤着足肢和触角痛苦挣扎而死的。这些小小的祭场，安设于八铺席的榻榻米上，真是显得太空旷了。

岛村正要伸手捡拾昆虫的尸骸，忽然想起留在家里的孩子们。

平时落在窗户纱网上的蛾子也死了，如散乱的枯叶，从墙壁上掉下来，岛村捧在手里一看，惊讶于它们为何都这般美丽。

防虫纱网拆除了。虫鸣悄然减少了。

国境上的山峦变成深沉的铁锈色，于夕晖掩映之下，闪着矿石般冷寂的钝光。旅馆里，赏枫的游客蜂拥而至。

"今天不能来啦,也许。有本地人的筵席呢。"当晚,驹子路过岛村这里,这样说道。不久,大厅里响起鼓声,夹杂着女人尖厉的喊叫。一片嘈杂声里,意外听到一个极为清纯的嗓音。

"劳驾!劳驾!"是叶子在呼唤,"哎,这是驹子姐姐叫我送来的。"

叶子站在原地,像邮差一样伸过手来,又慌忙跪坐在地上。岛村打开折叠的信笺,叶子早已消失了踪影。他什么话也没来得及说。

眼下正闹得欢,还喝了酒。

随身携带的"怀纸"[1]上胡乱写着这样的字句。

可是没过十分钟,驹子就"噔噔噔"地跑进来了。

"刚才那丫头带来什么东西了吗?"

---

1 印"懷紙",意为揣在怀里备用的纸。

"带来了。"

"是吗?"她快活地眯起眼睛,"啊,真开心!我说去拿酒,就这样溜出来啦。给领班看见了,挨了骂。酒真好,挨骂了都不会在意,也不怕被人听见脚步声。啊,真讨厌,一来就喝醉了。回头还得上班呢。"

"连指尖都变得好看啦。"

"唉,为了生意嘛。那丫头和你说什么来着?知道吗,她可会嫉妒了!"

"谁呀?"

"妒火也能烧死人啊!"

"那姑娘也是来帮忙的吧?"

"手里捧着酒壶,站在廊下的暗角里,一直盯着什么,眼睛光闪闪的。你也挺喜欢那双眸子吧?"

"她大概觉得场面太下流才这么看着的吧。"

"所以我才写个纸条叫她带来。我渴了,给我水喝。谁下流?你若不肯用甜言蜜语把一个女子勾引到手,就不会明白。我醉了吗?"她身子摇晃了一下，抓住镜台两端照了照，撩起衣裾，出去了。

不久，宴会似乎散了，立即传来杯盘碰撞的轻微声响。看来驹子是被客人带去其他旅馆的二次筵席了，这时，叶子又送来了驹子叠好的信笺。

　　　　不去山风馆了，接下来去梅花间。回来时会去您房间。晚安。

岛村有些难为情地苦笑着。

"谢谢。你来帮忙的吗？"

"嗯。"叶子点点头，她顺势用那冷峻而美丽的眼睛向岛村瞟了一下，岛村顿时觉得有些狼狈起来。

他见过她好几回了，每次都留下令他感动的印象。此时这个姑娘娴静地端坐在他面前，反而使他感到不安。她过于认真的举止，看起来似乎正处身于极不寻常的事件之中。

"你挺忙吧？"

"哎，不过，我什么都不会呀。"

"我见过你好几次了。开始是在你回来的火车上，你扶着他，还托站长照顾弟弟，还记得吗？"

"嗯。"

"听说你临睡前常在浴池里唱歌，是吗？"

"哎呀，太失礼啦，真是难为情。"她的声音优美得惊人。

"我觉得你的事我全都了解。"

"是吗？是听驹子姐姐说的吧？"

"她呀，没说过，她似乎不愿提起你的事。"

"是这样啊。"叶子悄悄转过脸去，"驹子姐姐很好，她很可怜，请您好好待她。"

她说得很快，尾音微微震颤着。

"可我无能为力啊。"

叶子这回连身子也颤抖起来，她的脸上闪耀着危险的光辉。岛村移开视线，他笑了。

"我也许早些回东京更好。"

"我也去东京。"

"什么时候？"

"什么时候都行。"

"那么，我带你一道走吧？"

"哎，请带我一道回去吧。"她淡然地说，但语气很认真，岛村很是惊讶。

"只要你家里人同意就成。"

"家里只有一个在铁路工作的弟弟，我自己决定就行了。"

"东京有落脚的地方吗？"

"没有。"

"和她商量了吗？"

"你是指驹子姐姐？我恨她，不跟她说。"

说着说着，她好像心情轻松了，便抬起湿润的眼睛看了看岛村。他从叶子身上感受到奇妙的魅力，不知为何，反而对驹子越发燃起了爱的烈焰。同一个底细不明的少女私奔般地跑回东京，这也许是向驹子最激烈的谢罪方式吧？也是一种变相的刑罚！

"你呀，跟一个男人走不害怕吗？"

"为什么要害怕呢？"

"你在东京没有栖身之地,也没决定要干些什么,不是太冒险吗?"

"一个单身女子怎么都能活下去。"叶子说话时尾音上挑,十分动听。她一直盯着岛村。

"就在您家做侍女,好吗?"

"什么,做侍女?"

"我并不想做侍女。"

"先前在东京干什么来着?"

"护士。"

"在医院,还是上护校?"

"都不是,只是这么想想罢了。"

岛村回想起叶子在火车上照拂师傅儿子的身影,那一丝不苟的态度里不正包含着她的志向吗?想到这个,岛村微笑了。

"那么说,这回想去学护士了吗?"

"我已经不打算当护士了。"

"你这样浮萍似的随处漂泊怎么行呢?"

"哎呀,什么浮萍不浮萍,我不爱听。"叶子不服气地笑着。

她的笑声响亮、清澈而又悲戚，听起来并不像故意犯傻。然而，这笑声击在岛村空虚的心版上，又消泯了。

"有什么可笑的吗？"

"我只想护理一个人呀。"

"哎？"

"现在不行了。"

"是吗……"岛村没想到她会突然说起这个，沉静地说，"听说你每天都到荞麦田下的坟场去上坟？"

"嗯。"

"这一生再也不想护理别人，或为别人上坟了，对吗？"

"是的。"

"不过，你舍得丢下那坟，心无挂碍地去东京吗？"

"哎呀，拜托了，就请带我走吧。"

"驹子说，你非常嫉妒她，那个男人不是驹子的未婚夫吗？"

"你说行男哥哥?撒谎,胡说!"

"驹子哪一点值得你恨呢?"

"驹子姐姐吗?"叶子的语气,好像驹子就在眼前。她目光峻厉地看着岛村。

"您要好好对待驹子姐姐。"

"我是无能为力啊。"

叶子眼里溢出了泪水,她捏住掉在榻榻米上的小飞蛾,哭着说:

"驹子姐姐说我会发疯的。"说罢,她飘然离开屋子。

岛村浑身发冷。

他打开窗户,正要把刚才叶子捏死的小飞蛾扔出窗外,一眼看到醉醺醺的驹子,弓着腰在和客人划拳。天空阴霾。岛村去室内浴场洗澡。

隔壁的女子浴场,叶子正领着旅馆的女孩走进去。

叶子叫她脱掉衣服,给她洗澡,亲切地和她对话,那甘美的声音听起来,就像出自一个年轻的母亲。

接着,那声音唱起歌来:

……………
进了后院抬头看,
三棵梨树三棵杉。
三加三是六棵树,
下面乌鸦来做窝,
上头麻雀在睡眠。
森林里的蝈蝈儿,
怎么叫呀怎么喊?
阿杉为友来上坟,
一盘一盘又一盘。

叶子熟练地唱着这首《拍球歌》,嗓音细嫩、生动,调子活泼而富有节奏感,与刚才的样子截然不同。岛村简直怀疑是自己做了一场梦。

叶子不停地跟女孩说着话,出了浴场,她的声音依然似悠扬的笛韵在原地回响。门口古旧黝黑又闪亮的地板上,靠着一只桐木三味线盒。秋夜岑寂,岛村不由被那只桐木琴盒所吸引,他正读着盒上标记的那位持有者艺妓的名字,不想驹子从洗涮杯盘的地方走过来了。

"看什么呢?"

"她在这儿过夜吗?"

"谁?唔,她呀?傻瓜,你知道吗,这玩意儿不会一直带在身边的,有时要搁在这儿好几天呢。"她笑了,随之又痛苦地叹息着,闭上了眼睛。她放下身子一侧的衣摆[1],倒向岛村。

"哎,送我走。"

"不要回去了。"

"不行,不行,我要回去。当地人开宴会,她们都去二次筵席了,只有我留下来。在这里开宴的话,一切都好说,可是朋友们回来约我洗澡,我要是不在家,那就太失礼啦。"

驹子虽然烂醉如泥,可还是抖擞精神,沿着陡峭的坡路往回走。

---

1 指"褄",即和服下摆的左右两侧。

"是你把那丫头给逗弄哭的?"

"这么说,她确实有点不正常啊。"

"你这样看人家,有意思吗?"

"不是你说的吗?说她要发疯了。她一想到你说的这句话,就呜呜哭起来了。"

"那就好。"

"可是没过十分钟,就在浴池里唱起动听的歌来。"

"洗澡时候唱歌,是那丫头的老毛病。"

"她真心实意地要我好好待你呢。"

"真傻。不过,你大可不必对我吹嘘一通,不是吗?"

"吹嘘?我真不明白,为何一提到那个姑娘,你就意气用事。"

"你想要那丫头吗?"

"你怎么能说出这种话?"

"我不是开玩笑。我一见到那丫头,就觉得她到头来会成为我的一个包袱,我也不知道为什么。你呀,如果喜欢她,不妨留心看看再说吧。我想你肯定也会有这个感觉的。"驹子双手搭在岛村的肩膀上,亲昵地依偎过来。突然,她又摇了摇头。

"不对,在你这样的人手里,那丫头也许不至于会发疯。那就把我这个'包袱'给带走吧,行吗?"

"算了吧!"

"你以为我是酒后胡说一气呀?想着那丫头在你身边有人疼爱,我就在这山里纵情享乐,那才痛快哩!"

"喂——"

"甭管我!"她一溜小跑地逃开,随即"扑通"一声撞在挡雨板上,那里就是驹子的家。

"他们以为你不回来了呢。"

"不,门是开着的。"

驹子抱住那面发出干裂声响的门板,拉开来。她低声说:"进去吧。"

"不过,这么晚……"

"家里人都睡了。"

岛村犯起犹豫。

"好，我送送你吧。"

"不用了。"

"不行，你还没看过我这个新家啊！"

走进后门，这个家里的人横七竖八躺在眼前。他们盖着褪色的硬挺挺的棉被，里面套着这一带产的防雪裤用的棉花。昏黄的灯光下，主人夫妇和十七八岁的女儿，还有五六个孩子，脑袋各自朝着不同的方向，脸上露出寂寞而坚毅的表情。

岛村仿佛被温热的气息推拥了回来，不由想退出门外，可这时驹子将后门"哐啷"一声关上了，大踏步越过木地板。岛村悄悄从孩子们的枕头旁边穿过，一种奇妙的快感在他心头荡漾。

"在这儿等着，我去楼上开灯。"

"算了。"岛村摸黑从楼梯登上去，回头一看，朴素的睡脸对面是卖粗点心的柜台。

这里是普通百姓家的房子二楼，四间[1]的面积，

---

[1] 日本旧时计量面积的单位。四间约13.2平方米。

榻榻米也很陈旧。

"我一个人住,大倒是挺大的。"驹子说。隔扇全敞开了,里面堆满了这个家里的旧家什。煤烟熏黑的障子门内,放着驹子的小小床铺。墙上挂着赴宴的衣服,简直像个狐狸的巢穴。

驹子孤零零坐在地板上,仅有的一个坐垫让给了岛村。

"呀,好红啊!"她照着镜子,"怎么醉成这副样子?"

接着,她在衣柜上头摸索着。

"瞧,日记。"

"真多呀!"

她从旁边抽出一个花纸糊的小盒子,里头塞满了各种香烟。

"客人们送我香烟,我就装在袖口或夹在腰带里带回来,虽然揉皱了,但是不脏,而且很齐全。"她坐在岛村面前,把箱子推到岛村面前,翻给他看。

"哎呀,没有火柴。我自己戒烟了,不用火柴啦。"

"不用啦,你也做针线吗?"

"是啊,赏红叶的客人一来,根本没空做啦。"驹子回过头去收拾衣柜前的缝补衣物。

也许是出自对东京生活的留恋吧,纹路整齐的精美衣柜,红漆的高级针线盒,依然像是住在师傅家里时的样子,衬得这粗陋的二楼更寒酸了。

细细的电灯灯绳垂到枕头上。

"读罢书想睡了,一拉这个,灯就灭了。"驹子摆弄着那根细绳,规规矩矩坐在那里,像个家庭妇女,带着几分腼腆。

"狐狸嫁闺女——好齐全呀。"

"可不是嘛。"

"这屋子要住四年?"

"可是,已经半年了,很快就会过去的。"

可以听到楼下传来的鼻息声。似乎没有话说了。岛村连忙站起来。

驹子一边关门,一边伸出头仰望天空。

"要下雪了，红叶期马上就要过去啦，"她又来到外面，说，"'这一带是山乡，红叶艳艳雪飞扬'[1]，红叶季节也会下雪呢。"

"我走了，晚安。"

"我送你，送到旅馆门口。"

然而，她还是和岛村一起进了旅馆。

"你休息吧。"她说罢，翩然而去。不一会儿，又端着两杯冷酒进入他的房间，大声说："给，快喝吧，喝呀！"

"旅馆的人都睡了，你打哪儿弄来的？"

"甭管，自然有地方。"

看来，驹子是从酒桶里灌的，自己已经先喝了一杯，刚才的醉态又出现了。她眯着眼盯着酒杯，酒就要溢出来了。

"不过，摸黑喝酒，喝不出味道啊！"

---

1　出自司马芝叟所作净琉璃木偶戏《箱根灵验暨者复仇记》，通称《暨者胜五郎》。故事讲述了下肢行动不便的胜五郎及其妻初花为兄报仇的故事。其中第十一段，描写胜五郎之妻初花，让塔之泽瀑布冲击身体，向神明祈祷，跛子胜五郎随即便能站立。本句正是该段初花台词。

驹子把冷酒杵到岛村眼前,他一口气喝了进去。

这点酒虽然不至于喝醉,但在外走了段路,身子发冷,心里一阵难受,酒劲就上来了。他似乎也感觉自己脸色惨白,于是闭上眼睛躺下了。驹子连忙过来照料。不久,岛村便百依百顺地完全陶醉于女人温热的肌体中了。

驹子专心致志地照料着他,宛若一个腼腆的少女,又好像一个未曾生育的姑娘般很不好意思地抱着人家的孩子,不时抬起头,仿佛在端详孩子的睡姿。

过了一会儿,岛村断断续续地说:

"你呀,是个好姑娘。"

"为什么?我哪里好?"

"是个好姑娘。"

"是吗?你真坏,说些什么呀?正经点!"驹子不予理睬,她一面摇着岛村,一面三言两语地敲打他,接着,便沉默不语了。

然后,她独自笑了。

"这样不好,我心里很难过,你还是回去吧。我已经没有什么衣服可穿了。每到你这儿,都想穿不一样的宴会服,可是实在没有可挑的了,身上这件还是借朋友的呢。我这个人很坏吧?"

岛村无言以对。

"我这个样子,哪一点好呢?"驹子哽咽着问,"第一次见你,觉得很讨厌,谁会像你那样,说话净招人嫌?对你,我真的讨厌死啦。"

岛村点点头。

"嘿,这些我一直瞒着你,知道吗?一个男人,当面被女人指出这个来,那就算完啦!"

"我不在乎。"

"是吗?"驹子似乎在回想自己的身世,久久不说话。一个女人对于生命的感悟像一股暖流传到他身上。

"你是个好女子。"

"哪点好呢?"

"是个好女子啊!"

"真是个怪人!"她有些不好意思地缩紧双肩

埋下脸来，突然又想起什么，一只胳膊撑在地上，扬起头来。

"你是什么意思？说呀，什么意思？"

岛村惊讶地望着驹子。

"快说呀！你就是为这个来的？你在耻笑我吧？你确实在耻笑我啊！"

她满脸通红，一双眼瞪着岛村紧追不舍，肩头因愤怒而剧烈颤抖着。忽然，她又面色转青，扑簌簌流下泪来。

"真窝囊！啊，我真窝囊！"她一骨碌折身而起，背对岛村坐着。

岛村这才想到驹子误解了自己的话，他猛然一惊，闭上眼睛一言不发。

"真可悲啊！"

驹子自言自语，蜷缩着倒了下来。她或许哭累了，拔出银簪子"噗噗"地在榻榻米上一阵乱戳，又霍然站起身来，离开屋子。

岛村不好去追赶她，听了驹子的一席话，他心里十分内疚。

谁知，驹子似乎又立即悄悄转了回来，站在障子门外尖声叫道：

"喂，不去洗澡吗？"

"来啦。"

"对不起，我想通啦。"

她躲在廊下，没打算进屋，岛村拎着手巾出去，驹子也不和打他照面，微微低着头先走了。那副样子，就像一个罪行败露的犯人，被押解走了。可是，当她泡在热水里时，又可怜见地瞎闹起来，没有一点睡意。

次日早晨，岛村在谣曲[1]声中醒来。

他静静听了一段谣曲，驹子从镜台前边回过头来，冲他嫣然一笑。

"是梅花间的客人，昨晚宴会后，我不也被召去了吗？"

"是谣曲会的旅行团吧？"

"嗯。"

---

1 即能剧的唱词。

"下雪了?"

"嗯。"驹子站起来,打开窗户给他看。

"红叶期已经过去啦。"

窗外一方灰暗的天空中,纷纷扬扬飘浮着鹅毛大雪。四周静寂得令人难以置信。岛村心里空空的,他睡眼惺忪地眺望着雪景。

演唱谣曲的人敲起鼓来。

岛村联想到去年岁暮的一个雪天早晨,他望向镜台上的那面镜子。镜子里浮现着冰冷而硕大的雪花,在敞开领口、揩拭脖颈的驹子周围,飘扬成一条条银线。

驹子的肌肤洁净如洗。自己一句无心的话竟然惹起她那样的误解,岛村怎么也想不到她是这样的一个女人。然而正因如此,她的心中定怀着人以疏解的悲哀之情。

远山铁锈色的红叶日渐黯淡,初雪覆盖着群峰,一片明丽。

杉林上笼罩着一层薄薄的雪,格外鲜明。立在雪地上的树木,一棵棵直指苍穹。

# 十一

古人[1]在书里这样写道：雪里缫丝，雪里织造，雪水漂洗，雪上晾晒。从纺绩到织造，全过程都在雪里进行。有雪才有绉绸，雪是绉绸之母。

这种绉绸是村里的妇女守着漫长的雪日手工制作的。岛村曾经在估衣店找到雪国地带产的一种麻纱，用来做过夏装。由于研究舞蹈，他结识了一位贩卖能剧戏装的老板，岛村托付他一旦发现高级的绉绸，随时请自己来看。他很喜爱这种绉绸，还用来做过一件内衣。

古时候，据说每年一开春，到了撤除防雪帘子、积雪融化的日子，绉绸就上市了。"三都"[2]的绸缎庄，都会千里迢迢跑来购买绉绸。当地甚

---

[1] 铃木牧之（1770—1842），新潟县南鱼沼郡盐泽町人，继承祖上家业，经营当铺及绉绸生意，业余学习俳谐与书画。同当时江户文人马琴、京传、京山、一九、三马等过从甚密。一面交往风雅之士，一面热心于买卖，两不相误。勤俭力行，粗衣粗食，安于简素生活。著有《北越雪谱》，记录北越庶民生活至为详尽，乃日本古典名著之一。

[2] 江户时代的京都、江户（东京）和大阪。

至有专为他们设的旅店。姑娘们半年里辛辛苦苦织东西,也是为了能拿到"初市"上销售。远近村主的男女都来赶集,杂耍、百货应有尽有,像庙会一般热闹。绉绸上的纸牌会标明织女的姓名、家庭地址,绉绸根据手艺被评出一等二等,这成绩也可供作选媳妇的参考。织绉绸的手艺要从童年学起,而且只有十五六岁到二十四五岁的女孩,才能织得一手好绉绸。一旦上了岁数,织出的绸子表面就失去了光泽。姑娘们都想进入屈指可数的"纺织名女"的行列,拼命磨炼技艺。从旧历十月开始缫丝,到翌年二月半晾晒,在这段大雪封门的时期,什么也不做,天天一门心思做着这种手工活计,成品中包含着她们满腔的情意。

岛村穿着的绉绸,也许就是明治初年或江户末期的姑娘们制作的。

直到现在,岛村也还把自己的绉绸衣物拿去"雪晒"。这些不知是穿在谁人身上的估衣,每年都会被送到产地晾晒,虽说很麻烦,但一想起古代冰天雪地里姑娘的心血,大家依然想送到织女的家乡实行真正的晾晒。晾晒在深雪上的白麻，经朝阳映照，一片艳红，分不清哪是雪哪是布。光是想象这番景象，就会觉得夏天的污垢都被祛除了，自己的身子也随之清净而爽适起来。不过，这些都是由东京估衣店代劳，传统的晾晒方法是否流传至今，岛村就无从知晓了。

晾晒店自古就有。织女很少各自在家晾晒，大多都是送到晾晒店去。白色的绉绸一下机就晾晒，染色的绉绸则要桄在拐子[1]上晾晒。白绉绸可以直接铺在雪上，从正月晒到二月，有时干脆把白雪覆盖的旱地、稻田当晒场。

不论是布是纱，都要浸在灰汁里泡一夜，翌日早晨再用清水漂洗几遍，绞干后晾晒。这种工序要连续反复好几天。"正当白绉绸晾晒接近尾声时，旭日东升，晨光绚丽，那种美景无法形容，真想请生活在温暖地方的人也来观赏一番"——

---

[1] 原文为"拐"，抽丝或纺纱暂时"桄线"用的"工"字形工具，三根木棒组合，一根竖立，两根上下平行，方向互为直角，俗曰"线拐子"。直至现在我国部分农村地区仍在使用。

古人在书里这样写道。还有，晒纱一结束，就预示着雪国的春天快要到来了。

绉绸的产地临近温泉乡，就在山峡渐渐开阔的河流下游的原野上，从岛村的房间里就能看见。大凡古代有绉绸集市的镇子，都建了火车站，如今都成为著名的纺织工业基地了。

然而，不管是穿绉绸的盛夏，还是生产绉绸的严冬，这两个时期岛村一次也没来过这座温泉乡，所以他没有机会同驹子谈起绉绸的事。

岛村听到叶子在浴场里唱歌，忽然想到，这姑娘要是生在古代，指不定也会面对纺车和织机唱起歌来吧？她的歌声听起来就是那样一种声音。

比羊毛还细的麻丝，要是没有浸透雪的天然湿气，就比较难以处理，所以阴冷季节最适合纺麻线。古代有种说法：数九寒冬纺织的麻布，三伏酷暑穿在身上肌肤生凉，这是自然界阴阳相生的结果。对岛村一往情深的驹子，总有一种根性上的清凉之感，因而，驹子的一腔热情令岛村更为怜爱。

然而，这种痴爱未能像绉绸一样留下确实的形态。用来做衣服的绉绸，尽管作为工艺品而言寿命较短，但只要着意加以爱护，五十年前的绉绸，穿在身上仍不褪色。但是，人身上的依恋之情却无法达到绉绸那么长的寿命。岛村一隐约意识到这一点，心里就浮现出驹子为别的男人生儿育女的母亲形象。他惊恐地环视周围，心想，自己或许太疲劳了。

这种忘记回归自家妻子身边的长久逗留，并非因为难舍难分，而是养成了等待驹子频频前来幽会的习惯。驹子越是迫不及待，岛村越是受到一种苛责：莫非自己已经不再活着？可以说，他一边眼望着自身的寂寞，一边又在原地伫立不动。驹子为什么能占据自己的心灵？对此，他迷惑不解。岛村可以理解驹子的一切，驹子却根本不理解岛村。驹子撞在虚空墙壁上的回响，在岛村听来犹如雪花纷纷飘落，堆满心头。他的情感如此为所欲为，自然也不会永远持续下去。

他感到，这次归去之后，暂时不会再到这个

温泉乡来了。雪天将临，岛村依偎着火钵，用旅馆老板特意拿出来的京都产的古老铁壶烧水，水开了，发出轻柔的声响。壶身上嵌着银丝的花鸟，栩栩如生。咝咝的水沸声有两种，一远一近，远如松风谡谡，近若银铃叮咚。岛村将耳朵凑近铁壶，倾听那轻微的铃声。于是，叮咚不绝的铃声一幕地出现细碎的履声，岛村忽然看见驹子翩翩而至的那双娇小的腿脚。岛村不由一怔，他觉得，是时候离开这块地方了。

岛村打算到绉绸产地去看看。他想借此增强自己离开这个温泉乡的决心。

可是，河下游有好几座镇子，岛村不知道该到哪里去。他不想参观现代纺织业发达的大镇子，于是随便在一处旅客稀少的车站下了车，走了一会儿，来到古时候曾经设过驿站的镇子。

家家的房屋都伸展着长长的庇檐，支撑着它们的木柱排列于道路上，好似江户时代镇子上的"店下"[1]。可是在雪国，自古称之为"雁木"，雪

---

1 指店铺外侧的廊下和通道等。

深时作为人行通道使用。另一边是一排排房舍,庇檐一直连续不断。

因为每户人家的房檐互相毗连,屋顶的积雪只有卸到中间街道上来,别无他法。实际上,是将屋顶上的积雪抛到道路当中的雪堤之上。要去街道对面,就得在一段段雪堤上开凿隧道以供人来往。听说当地人把这叫作"钻胎"。

同是雪国,驹子所在的温泉乡,家家户户不相毗连,所以岛村来到这座镇子才首次看到"雁木"。他十分好奇地在里面走了走。古老的庇檐底下晦暗无光,倾斜的柱子根部腐烂了。他就像在窥探当地的人家,他们祖祖辈辈埋在深雪之中,过着忧郁的日子。

织女们在雪中精心从事这份手工制作,她们的生活却并不像自己织成的绉绸那样滑爽、明净。这些古镇所给人的印象也正印证了这一点。记载绉绸的古书,援引了唐代秦韬玉[1]的诗句。据说,

---

[1] 秦韬玉,唐末政治家、诗人,字中明,生卒年不详。京兆(今西安)人。所作《贫女》诗云:"苦恨年年压金线,为他人作嫁衣裳。"

没有人愿意雇用织女在家纺绩，正是因为制作一匹绉绸十分费工，成本上不划算。

这些辛苦一辈子的无名工人早已死去，只留下美丽的绉绸。这些绉绸成为岛村之流的华丽衣着，即使在炎夏也让他们遍体生凉。这种本来并不奇怪的事情，岛村反而觉得不可思议。难道一切包含挚爱的行为，到头来总要给人以伤害吗？岛村走出"雁木"，来到街上。

这是一条笔直的长长的街道，似乎是连接镇上古老驿站的大道。铺着木板的屋顶上压着石头和另一层木板，同镇子上的其他屋子没什么两样。

庇檐的柱子投下模糊的影子，不知不觉间，夕暮降临了。

再没有可看的了，岛村又乘上火车，到下一个镇子去。这里也和前一个镇子一样。他依然信步溜达着，为了抵御寒气，吃了一碗乌冬面。

面馆就在河岸上，这河也是打温泉浴场流过来的。他看到三三两两的尼姑，前后从桥上走过。

她们有的穿着草鞋,有的背着圆顶斗笠,托钵而回,犹如乌鸦急急归巢一般。

"好多尼姑从这里经过吗?"岛村问面馆的老板娘。

"是的,这后面有座尼庵,一到下雪的日子,就很难出山啦。"

桥对面,暮色笼罩的山峰,已经变白了。

这个地区,每到木叶凋零、朔风劲吹的季节,一直都是寒气砭肤的阴天。正是酝酿雪的日子。远近的高山一派白色,这叫"岳环峰宕"。另外,面海的地方有海鸣,深山之处有地吼。声如远雷,这叫作"地吼海鸣"。看了"岳环峰宕",听了"地吼海鸣",就知道雪天不远了。岛村记得古书上是这么写的。[1]

那天,岛村躺在被窝里静听赏红叶的客人唱

---

[1] 此处仍指《北越雪谱》一书,关于雪的文字如下:"我国雪意,不同于暖国。九月半起,则入霜期,寒气渐剧。至九月末,杀风侵肌。冬枯诸木,枝叶凋零。天色霎时不见日光,连日欲雪之相。天气曚昽,数日远近高山,白雪点点可观。里人称之为岳环峰宕。又,有海之所则曰海鸣,山间深处则曰地吼,声如远雷……直至秋分前后。每年如是矣。"

谣曲时，下了第一场雪。今年应该也"地吼海鸣"了吧。岛村孤身羁旅，一个人待在温泉旅馆，等着和驹子相会，渐渐地，他的听觉变得异常灵敏。当他一想到"地吼海鸣"，耳里就流过遥远的响声。

"尼姑马上要过冬了吧，她们有多少人来着？"

"呀，大概好多吧！"

"尼姑们聚在一起，大雪封门好几个月，她们都干些什么呢？过去这一带纺织绉绸，尼庵里也干这种活那该多好！"

岛村满心好奇，听他这么一说，面馆老板娘只是以微笑作答。

岛村在车站等回程车，等了将近两个小时。微弱的太阳落山了，寒气打磨着满天星斗，闪闪烁烁。他腿脚冰冷。

岛村漫无目的地转了一圈，又回到温泉浴场。车子越过铁道口，开到守护神杉林旁，眼前出现一家灯火闪耀的店铺。岛村放下心来，这里是"菊村"小酒馆，三四个艺妓站在门口闲聊。

驹子也在这里吗？他刚这么想，驹子就出现了。

车子立即减速，司机似乎知道岛村和驹子的关系，若无其事地缓缓而行。

岛村蓦地朝驹子相反的方向回过头去。自己所乘汽车的辙印清晰地留在雪上，在星光照耀下向远方绵延。

车子来到驹子面前，只见驹子眼睛一闭，猛地扑上汽车。车子没有停留，静静驶上山坡，驹子躬着腰站在车门外的踏板上[1]，紧紧抓住门把手。

驹子就像被一种外力紧紧吸住了，岛村似乎寄身于一团温暖之中，他不觉得驹子正在干一件极不自然、极其危险的事情。驹子像要揽住窗户一般，举起一只臂膀。袖口滑落下来，艳色的贴身长衫一闪而过，越过厚厚的玻璃，映在岛村冻得紧绷绷的眼睑上。

---

1 旧时汽车门外装设幅宽约 30 厘米踏板以便上下。

驹子将额头抵在窗玻璃上,高声喊叫:

"到哪儿去啦?我问你,到哪儿去啦?"

"太危险啦,胡闹!"岛村高声应和,像是在进行一次甜美的嬉戏。

驹子打开车门一头栽了进去。这时候,车子停了,已经到山脚下了。

"告诉我,到哪儿去啦?"

"唔,没有。"

"哪儿呀?"

"哪儿也没去。"

驹子整整衣裾,那副做派很像艺妓的风格。岛村好奇地望着她。

司机呆然不动。车子已经开到了路尽头,岛村突然意识到,到了目的地还坐在车里不动,太奇怪了。

"下车吧。"岛村说。驹子把手叠在他的膝头。

"呀,好冷,怎么这样冷!为什么不带我去?"

"别问啦。"

"什么呀?真是个怪人!"

驹子快活地笑了,登上了一段陡峭的石阶小径。

"你出门的时候,我看到了,大约是两点或不到三点钟吧?"

"唔。"

"听到车声,我就出来了,到外头一看,你连头也没回,对吗?"

"是吗?"

"就是没回嘛。干吗不回头看看呀?"

岛村一惊。

"你呀,不知道我来送行啊?"

"不知道。"

"我就知道。"驹子依然快活地笑着,她的肩膀靠过来。

"为什么不带我去?你变得冷酷了,真可厌。"

突然,火警的钟声[1]响起了。

---

1 原文为"擦り半鐘",报告火警的钟声。远处火灾,则一点点悠悠传响;近处火灾,则急急无间断鸣响。

两人回头张望。

"失火啦!失火啦!"

"火灾!"

火焰从下面村庄的中央升起来。

驹子喊了两三声,抓住了岛村的手。

翻卷的黑烟之中隐隐约约可以看到火舌。火势横向蔓延,舔舐着周围人家的屋檐。

"是哪里?你原来师傅的家,不是离得很近吗?"

"不对。"

"是什么地方?"

"更偏上一些,靠近车站。"

火焰穿过屋顶,蹿上天空。

"啊呀,是蚕房!是蚕房!糟啦,糟啦,蚕房着火啦!"驹子不住叫喊起来,她的面颊紧紧抵在岛村的肩膀上。

"是蚕房!是蚕房!"

火势很旺,从高处俯视下去,在广阔星空的映衬之下,整个火场宛如玩具景观一般寂静无声,可正因如此,不时传来的燃烧声响更可怕了。岛村抱住了驹子。

"不要害怕。"

"不,不,不。"驹子摇着头,大哭起来。她的脸伏在岛村的手心里,似乎比平素更加娇小,紧绷的太阳穴不住地跳动。

一见到火就放声大哭,她为什么哭?岛村并未追问,只是紧抱着她。

驹子忽然停止哭泣,抬起头来。

"啊呀,想起来啦,蚕房今晚放电影,一定挤满了人。瞧……"

"那可不得了。"

"有人会烧伤,会烧死的呀!"

他俩慌忙跑上石阶,可以听到嘈杂的声音从上方的旅馆传来。抬眼一看,旅馆二三楼的房间,大都拉开了格子门,人们都跑到亮堂的廊下围观大火。庭院角落一排干枯的菊花在旅馆的灯光或星光的辉映之下,现出清晰的轮廓,立即使人想到,这是大火照耀的缘故吧。在这菊花后面,也站满了人。旅馆的领班带着三四个伙计跌跌撞撞跑下来，从他们二人面前经过。驹子扯开嗓门高声问道：

"喂，是蚕房吗？"

"是蚕房！"

"有人受伤吗？有没有人受伤啊？"

"正在救人哪。是电影胶片一下子着了起来，火势蔓延得很快。打电话问过啦，瞧！"领班一行人迎头碰见他们两个，扬了扬手，走了。

"据说孩子们都从楼上一个个被扔了下来。"

"哎呀，这可怎么得了呀？"驹子跟着领班下了石阶，后面的人一起跑了过去，她也一起跑起来了。岛村紧追不舍。

石阶下，火场被房屋遮挡了，只能看到火舌。火警的钟声在空中回荡，越发令人惶恐不安，大家跑得更快了。

"地上的雪冻了，当心滑倒。"驹子回头望向岛村，就势站住了。

"哎，这样吧，你不用去啦。我是担心村里的人。"

照理说也是。岛村有些扫兴,这才发现脚边是铁轨,他们已经走到了铁道口。

"银河!多美啊!"

驹子自言自语,仰头看看天空,又跑了起来。

啊,银河!岛村也抬头赞叹。蓦然,他觉得自己的身体仿佛正向银河飘浮而去。银河的光亮越来越近,似乎要把岛村托举起来了。羁旅中的芭蕉于荒海之上看到的,也是这条光明浩瀚的银河吗?[1]赤裸裸的银河眼看就要降临,它想亲自用肌肤卷裹暗夜的大地。它艳丽得令人恐惧!岛村感到地上的自己渺小的身影映照在银河之中了。银河中群星灿烂,颗颗鲜明。随处可见的闪光的彩云中,飘荡着一粒粒银沙,绮丽、明净。深不见底的银河,紧紧吸引着岛村的视线。

"喵——咿!喵——咿!"岛村呼唤着驹子。

---

[1] 元禄二年(1689),松尾芭蕉游越后出云崎,作俳句:"瀚海佐渡夜,高空横天河。"

"嗬——咿，快点来呀！"

驹子奔向银河垂指的黑黯的群山。

她褰裳而来，挥动着素捥，火红的衣裾飘舞翩翻。星光点点的雪地上，扬起一朵红艳。

岛村飞也似的追过来。

驹子放缓脚步，松开衣摆，拉住岛村的手。

"你也去吗？"

"嗯。"

"你真是好奇！"她一手拎起垂落在雪地上的衣裾。

"人家要笑话我的，回去吧。"

"不，到前头再说。"

"这样不好，我怎能带你到火场去呢？村里人看见了，多不好意思。"

岛村点头同意了，停住脚步。可是驹子又轻轻曳着岛村的衣袖慢慢走起来。

"你在一个地方等我，我马上回来。在哪儿等呢？"

"哪儿都行。"

179

"对，再朝前走走。"驹子瞅着岛村的脸，又急忙摇摇头，"讨厌！"

驹子"咚"地撞上岛村的身子，他摇晃了一下。路边一层薄薄的积雪里，立着一排排大葱。

"你好无情啊！"驹子立即冲着他说，"你呀，不是老说我是个好姑娘吗？一个转脸就要走的人，干吗说这种话？仅仅是表白一下吗？"

岛村想起驹子用簪子"噗噗"地戳进榻榻米的样子来。

"我哭了呀，回到家里之后，我又哭了一场。同你离别，太可怕啦。不过，你还是早点回去吧。经你一说我就哭了，这件事我不会忘记的。"

岛村想起那句被驹子误解、又被她深深刻在心底的话语，不由感到依依难舍起来。忽然，火场人声喧嚣，新燃起的烈焰又腾起了。

"啊呀，又烧起来啦，火势好大呀！"

两人喘了口气，得救似的跑了起来。

驹子速度很快，木屐掠过冰冻的积雪向前飞奔，两只胳膊不是前后而是左右摆动，张开两胁，用力挺着胸脯，身子显得格外娇小。略显肥胖的岛村一边看着驹子一边奔跑，早已疲乏无力了。突然，驹子急速喘着气向岛村身上倒来。

"眼珠子冷得就要流泪了。"

她面颊如同着火，只有眼睛冰凉。岛村的双眼也濡湿了。他眨着眼睛，银河之群星便如落入眼中。岛村强忍住即将掉落的泪水，问道：

"每晚，银河都是这样吗？"

"银河，好漂亮吧？不是每晚都这样，今夜非常晴朗啊！"

银河从他们跑来的方向转移到了前面，驹子的面庞看起来好似映照在银河之中了。

但是，看不清她鼻子的形状，嘴唇的颜色也消失了。岛村很难相信，那流溢于天空中的明丽光带竟然如此黯淡？淡淡的星光不如薄薄的月光，但银河却比满月时的天穹更为明亮。地上没有任何阴影，驹子的容颜宛若一副古老的面具，飘忽不定，洋溢着女人的馨香，令人觉得不可思议。

他抬头仰望，银河仿佛正要拥抱大地，徐徐

降落。

银河，宛若浩大的极光浸透了岛村的身子，使他随着光波流转，犹如立于世界尽头。这光虽然冷寂难耐，却妖艳夺目。

"你走后，我要正儿八经地过日子。"驹子说罢迈出步子，用手整整蓬松的发髻。走了五六步，又回过头来，"怎么啦？这不好吗？"

岛村站着不动。

"行吗？等着我，过会儿一起到你房间去。"

驹子扬了扬左手，跑了。她的背影几乎要被黑暗的山峦吞没了。银河在群峰起伏的山际线上散开衣裾，又反转过来，将灿烂无边的华美境界回映于浩渺的天宇。群山愈加晦暗沉寂。

岛村走出去不久，驹子的身影就被公路旁的人家遮住了。

"嘿哟！嘿哟！嘿哟！"听见一阵吆喝，公路上出现了一群抬水泵的人。有人打后面跑过来，岛村急忙上了公路。他俩走的那条路和公路交汇成了"丁"字形。

又有水泵被抬过来,岛村为他们让路,随后跟在后头跑了起来。

这是老式的手压型木质水泵。一行人拖着长长的绳子,身边还围着一些消防队员。那水泵小得可笑。

驹子也站在路口,等着水泵过去,她看见了岛村,两人又一起跑过去。站在路边给水泵让路的人们,仿佛被水泵紧紧吸引,一起追过去了。眼下,他们两个也加入了奔向火场的人群。

"你也去吗?真好奇!"

"哦。那水泵靠不住啊,明治时代以前的玩意儿。"

"是的,不要摔倒啦。"

"挺滑的哩!"

"可不,不久就会整夜刮雪暴,弄得人惶恐不安,你不妨来看看……你不会再来了吧?野鸡、兔子都会逃到人家里去。"驹子的声音混在消防队员的吆喝和人们的脚步声里,听起来十分爽朗。岛村也感到身轻如燕。

传来了火焰发出的炸裂声,眼前又蹿出了火苗。驹子抓住岛村的胳膊。路边低暗的屋顶好像在深呼吸一般,猝然浮现在火光里,接着又黯淡不清了。水泵压出的水从脚下的道路流过来,岛村和驹子也自然站在人墙之中了。火场的焦味中夹杂着煮蚕茧散发出的腥气。

一开始,人们这一堆那一团地高声交谈着。什么电影胶片着火啦,孩子打楼上一个个被扔下来啦,什么没有人受伤啦,村里的蚕茧、大米幸好没放在这里啦,等等,没完没了。然而,当大家一同面对火场时,却一言不发了。远近一片寂静,支配了整个火场。人们都在倾听火花的毕剥声和水泵的轰鸣。

不时有些晚来的人,到处呼唤亲人,一有人答应,就高兴得大呼小叫。火灾警报已经停止,唯有这些声音带来一些生气。

岛村怕引起注意,悄悄离开了驹子,站到一堆孩子的后面。大火燎人,孩子们都向后缩。脚下的雪似乎有些融化了,人墙前的积雪上满是纷乱的脚印，经火与水的一番折腾，已经成了一片泥泞。

那里是蚕房一旁的旱地，和岛村他们一同赶来的村民，大都拥到这里来了。

大火似乎是从安置放映机的入口烧起来的，蚕房从屋顶到墙壁，有一半都塌了，房梁和柱子等骨架还在冒烟。里面只有木板墙和地板的屋子本来就是空的，所以屋内没有冒黑烟，屋顶上浇足了水，大概不会再着火了。不过，火势还在蔓延，意料不到的地方突然冒起了火苗，三台水泵慌忙转过去，火苗立即上蹿，一股黑烟腾起。

火影在银河里扩散开来，岛村仿佛又被掬到银河里去了。黑烟涌向银河，相反，银河也欻然下泻。水泵里的水龙脱离屋顶，左右晃动，水烟溟蒙，一团灰白，宛如受到了银河之光的照射。

驹子不知何时走了过来，她握住了岛村的手。岛村回头看了一眼，没有出声。驹子望着火焰，火影在她那红通通的不苟言笑的脸上不断明灭。岛村的胸中不由涌起了一股激情。驹子的发髻散开了,她挺直了脖颈。岛村正想伸手过去,手指却颤抖起来。岛村的手很温暖,驹子的手更炽热。岛村感到,别离的时刻即将迫近了。

入口的廊柱等物又燃烧起来,一条水龙猛喷过去,横梁刺啦啦地冒着水汽倒了下去。

蓦然间,人们一下子惊呆了,他们看到一个姑娘掉落下来。

蚕房也时常用来演戏,楼上设有简单的座席。虽说是二楼,但很低矮,从楼上落到地面只是一眨眼的工夫。不过,人们还是在这一瞬间里充分看清了她掉落的全过程。她像个玩偶,令人不解地掉落下来,一眼就能知道已经不省人事了。虽说是掉落,却没有发出声音。地面有水,也没飘起什么尘埃。她跌落在刚刚燃起的新火焰和重新转旺的老火焰之间了。

一台水泵对准火焰喷射出弯弓一般的水流,就在这股水流前面,忽然浮现出一个女体。她就是这么掉落的。女体在空中保持了水平姿态。岛村心头突然紧缩,但也没有立即感到什么危险和恐怖，仿佛那是一个非现实世界的幻影。僵直的身体在下落中变得柔软了，而从这个身体玩偶般的姿态上可以得知，她已经分毫不愿抵抗，因失却生命而变得自由，生与死一概休止了。岛村心里闪过一丝不安，水平伸展的女体，头部是否会栽下来？腰部和膝盖是否有所弯曲？虽然很有可能。但看上去仍是以水平的姿态掉落下来了。

"啊！"

驹子尖厉地号叫一声，捂住了双眼。岛村却一直盯着，眼睛眨也不眨。

跌落下来的姑娘正是叶子！岛村是什么时候知道的呢？人们的惊讶和驹子的尖叫实际上发生在同一瞬间，叶子的小腿在地上抽搐，也是在同一瞬间。

驹子的叫喊贯穿了岛村的全身，和叶子小腿的抽搐一起，使得岛村冰冷的足尖不由得痉挛起来。他沉浸在一种莫名而深沉的痛苦和悲哀之中，心止不住激烈地跳动。

叶子轻微的抽搐几乎难以辨认，又立即停止

了。

在看到叶子的抽搐之前，岛村首先看到了她的容颜和鲜红的箭翎和服。叶子是仰面掉落下来的，一边的膝盖上缠绕着裙裾。她跌到地上，小腿只是抽动一下，就昏过去了。岛村总是觉得她没有死，他只是感到，叶子的内部生命已经发生异变，迅速转型了。

叶子从二楼看台上掉下来，二楼的两三根柱子向外倾斜，在叶子脸的上方燃烧起来。叶子闭上了那双摄人魂魄的俊美的眼睛。她翘着下巴颏儿，挺直颈项。火影飘摇，映着她惨白的面庞。

岛村忽然想到，多年前他到这个温泉浴场会见驹子时，在火车上看到的叶子和她脸庞正中燃起的野山的灯火，他的心中又是一阵战栗。霎时，他和驹子在一起的岁月仿佛也被火光映照了出来。他揪心般的痛苦和悲哀也正出自此处。

驹子从岛村身边跑了出去，这和她尖叫一声、捂住眼睛，几乎是在同一瞬间。也就是人们大吃一惊的时候。

烧焦的黑色木块，水淋淋地散乱在地。驹子拖曳着艺妓衣装的长裾，脚步踉跄地奔过去，想把叶子抱回来。驹子奋力挣扎的脸孔下，是叶子临死前虚空的容颜。看上去，驹子宛若怀抱着自己的献祭或惩罚。

人们交头接耳地谈论着，迅速向她们两个围拢来了。

"闪开，请闪开！"

岛村听见驹子喊道。

"这丫头疯啦，她疯啦！"

驹子疯狂叫喊着，岛村想走过去，却被一群想从驹子手里抱回叶子的汉子推开，不由得一阵趔趄。

他站定脚跟，抬头仰望，刹那间，银河似乎哗然流水，直朝岛村心头奔泻下来。

花的圆舞曲

一

《花的圆舞曲》结束了。

刹那间,未等落下的帷幕完全遮挡住她们的胸脯,友田星枝的姿势猝然松垮下来。

早川铃子单腿脚尖独立,另一条腿正在向上大劈叉,体重的压力集中于同星枝相牵的一只手上。就是说,铃子和星枝两副身子合二为一,正在描画一种共同舞姿时,仿佛半个身子被突然切割了。正向地面倒去的当儿,铃子突然抱住星枝的腹部。

星枝的一条腿趁势打个趔趄,铃子的脸孔紧贴星枝的腹部向下滑落。她想改变这种奇怪的姿态重新站直,不料一只腕子又猛然扑在星枝的肩膀上。

"混账!"

铃子扇了星枝一个耳光。突然动手打人,连铃子自己也惊呆了,她凝视着星枝的面孔。

"这辈子再也不和星枝一起跳舞了。"

铃子说着,浑身没了力气,不由向星枝的肩头靠过去。星枝突然转过肩膀,她并非想摆脱铃子,也不是出于挨打的愤怒。然而,失去支撑的铃子向前倾倒,两手向地面冲去。

星枝仿佛不知道这是自己造成的,她头也不回,呆呆站立着,厉声说道:

"我这辈子也不会再跳舞啦!"

此时,大幕已经落到地面。随着幕布落地的响声,观众暴风雨般的掌声随风远逝,蓦地静止下来。

舞台的照明也稍稍变暗了。

当然,这是在为回应观众席喝彩而做准备,当大幕再度升起之时,舞台又恢复了明亮与华丽。舞女们也都等着这一刻,她们迅速跑动回去,继续保持刚才的舞姿。舞台两侧静候着献花的少女。

掌声的波涛再次响起。

"不能那样任性的啊!"

铃子胡乱抱住星枝的肩膀,随着大伙身后往回走。

星枝似乎忘记了走动,像个木头人一样呆然而立,任着铃子摆布。

"对不起,我是打了你这里吗?"

铃子一边笑着,一边将手伸向星枝面颊。星枝转过脸去,喃喃自语:

"我一辈子不会再跳舞了。"

"你想过没有,要是被观众看到了怎么办?我们会遭到耻笑的啊,报纸上也会报道的,今晚的演出就都前功尽弃了。观众应该没看到吧,好在大幕遮盖了一切,或许只露出脚来。最多看我摇晃一下,不过,肯定不会知道的。听那热烈的鼓掌声,就是为了要我们返回舞台啊!我们肯定也会谢幕的。"

铃子摇晃着星枝的肩膀。

"咱俩应该好好向老师检讨,多亏老师今晚没有看到。"

两人走近舞台侧面,簇拥着嬉笑打闹的舞女和献花少女们一时安静下来。铃子脸上稍带羞赧,露出微笑;而星枝一味紧绷着面孔,默然无语。这样的场面,自有一种令人沉默的氛围。

这时,大幕又拉起了。

舞女们相互示意,手牵手出现在舞台上。她们让铃子和星枝走在最前头。她俩站在中间,所有人在舞台上排成一列,向鼓掌的观众致意。

这时,少女各自手捧鲜花,献给铃子与星枝。

这些献花的少女都不到十一二岁,其中年龄最小的只有六七岁,一律穿着振袖和服[1]。她们的母亲、姐姐,以及没有参加《花的圆舞曲》演出的舞女,都身穿其他款式的舞台服装,抚摸着少女们的头发,给她们整理好腰带,提前在舞台一

---

1 未婚少女在正式场合穿着的宽袍大袖式样的和服。

角照料着，叮嘱她们不要在舞台上出差错，告诉她们应该把鲜花献给谁。

花束集中到星枝和铃子手里。

《花的圆舞曲》是专门为她们两人编排的舞蹈，动作设计也一样。其余上台的舞女都是两人的背景或舞蹈的陪衬。为了突出形象，她俩的服装也和其他舞女不同。

观众为献花的少女们送上热烈的掌声。

铃子和星枝怀里揣满的鲜花，遮盖了前胸。

眼看一个脚步蹒跚的最小的孩子，献花献迟了。她手捧一束纤细的淡蓝色鲜花，似乎比大圆盘的向日葵小一些。女孩虽说站在星枝面前，但她的个头与花束都很小，星枝似乎没有看到。

"星枝，这么美丽的鲜花，是送给你的呀。"

铃子从旁提醒她。女孩迟疑地望着星枝的脸，听到铃子的声音，就把花献给了铃子。

"不是的，是给星枝姐姐的呀。"

铃子说着，用眼神向女孩示意，但那女孩没明白她的意思。这样一来，星枝也不好从旁夺去。

铃子高高兴兴接过蓝色的花束,摸着女孩的头,低声说:

"谢谢你,回去吧,妈妈在那儿叫你呢。"

穿着振袖和服的少女们完成献花的使命便退了下去。台上的舞女们再一次向观众鞠躬致意。帷幕徐徐落下。

"这是星枝你的花。"

铃子说着,将那一小束花插在星枝胸前满抱的鲜花中。

"你为何不接呢?连那样的小孩子,你都让她在舞台上出丑,太过分啦。看她都要哭了呀。"

"是吗?"

"独木不成林,记住这句话吧。"

铃子说着,笑了。

小小的淡蓝色花朵,夹在玫瑰和康乃馨的花束之间,反而显得更加艳丽。

舞女们你一言我一语,有的说可爱,有的说别致,有的说好看,有的说仿佛像神话世界的王冠,还有的说像梦幻之国的糕点,不约而同地一起好奇地注视着星枝的胸前。

"香吗?"

有人接过去看。

"真想手拿这束鲜花跳舞啊。是什么花来着,星枝,是什么花呀?"

"不知道。"

"这花从未见过。使人印象这么深刻的花,献花的到底是什么人呢?"

星枝随手接过还回来的花束。

"这花枯萎了。"

那人吃了一惊,望着星枝的脸孔,星枝又说了一遍。

"花枯萎了。"

"没有枯萎呀,在这里先不说这种话,回去插在花瓶里就好了。要是给献花人听到了,多不好啊。"

"是枯萎了嘛。"

站在稍远处,看着这一切的铃子开口了:

"要是你以为枯萎了,不喜欢,那就给我吧。

因为我错接过来,坏了你的心情不是?"

星枝默然,忽地将花扔过去,这花虽然最后回到铃子手里,但途中有个东西掉落在舞台上了。那是缀着宝石的项链,看样子是藏在花里,系在花枝上的。一两枝鲜花也随着项链坠下来了。

星枝几乎在扔掉花束的同时,急忙穿过舞女队列,跑到刚才献花的女孩面前,屈膝跪下说道:"啊,对不起,是姐姐不好,原谅我吧。"

说着,星枝把花束搂在怀里,顺手将女孩抱起来,跑步登上通往后台的阶梯。动作之快捷,就连掉下的项链也未看见。

"星枝!"

铃子用峻厉的目光望着她的背影,捡起项链,看了看系在蓝色花束上的小小名牌。另有一两个舞女也过来盯着看。

"胜见……铃子认识这人吗?"

"知道。"

"是位男士?"

铃子没有回答。

星枝快步攀登,胸前的鲜花掉落在阶梯上,她也很麻木。一只脚上的舞鞋鞋带散开了,她一脚甩掉。鞋子落到下边走廊的远处,她连头也不回。

这期间,观众要求演员返场的掌声不绝于耳。乐队走向乐池,掌声进一步高涨。

铃子猛地打开门扉。

"返场啦,星枝,返场啦!"

她一走进后台,就把项链悄悄放在星枝的镜台角上,抬眼斜睨了一下星枝,故意朗声说道:

"有什么好悲伤的,返场啦!乐队都坐好等着呢。你一个人在这里闹情绪,真是不懂道理。"

抱来的女孩不知去哪里了。星枝一个人站在窗前,眺望着夜间的大街。

"你不要惹恼了大家。"

铃子伸手挽着她,星枝也不反抗,跟随铃子走了五六步,在穿衣镜前站住了。

"哎呀,瘸脚丫头,你的舞鞋呢?"

铃子在镜子里看到星枝的脚。然而,星枝只

顾自己的脸。

"这张脸没法再跳了。"

"观众根本看不到脸。"

"铃子,你不是说这辈子再也不和我一起跳舞了吗?"

"这辈子还要跳,咱俩要跳上一辈子呢。舞鞋丢哪儿了?"

"我可不想跳,我没心情再跳舞啦!"

"那你考虑别人的心情了吗?你绝对不能这样。请你想想,今晚不是老师专为我们俩筹划的演出吗?这么多人为咱俩忙里忙外,费尽心血,你一点都不知道?即使心里悲戚,脸上也要露出微笑。你看观众,他们多么高兴!"

"真的高兴吗?可我心情那么糟,怎么能跳得好?"

"你没有听到掌声吗?"

"听到了呀。"

"好啦,快把鞋子穿上,鞋子在哪里呀?"

后台是一间逼仄的西式房间,墙边高起之处

铺着榻榻米，并排放置着镜台。有一面大穿衣镜。墙上挂不下全部舞装，中央低矮的桌子上也堆满了。此外，桌子上还胡乱摆着观众送的花篮、糕点和花束。

榻榻米下边并排摆放着脱掉的各种舞鞋，铃子蹲在一旁，焦急地寻找星枝的另一只舞鞋。这时，门打开了。

她们的老师竹内来了。他一只手拿着星枝的舞鞋，走近星枝，若无其事地放在她的脚边。

"掉了呀。"他沉静地说着。

"啊，老师！"铃子涨红了脸，飞快跑过去，跪在星枝面前，给她穿上舞鞋。

星枝将脚完全交给了铃子，凝神望着竹内。

"老师，我不想跳舞了。"说罢，她转过脸去。

"不管想不想跳，舞蹈总归是舞蹈，这就像人的一生一样。"

竹内笑着，坐到自己的镜台前，开始化妆。

他已经穿起了一半舞装，就近瞅着他那张化

上舞台妆的脸，比起年近半百的实际年龄还要衰老，面孔掩盖不住老境的凄凉。

铃子和星枝走出后台，当她们一条腿跨上阶梯时，木管早已奏响了序曲。

观众的掌声顿时静止下来。

这是柴可夫斯基《胡桃夹子》中的《花的圆舞曲》。

三四年前，竹内舞蹈研究所举办的新作观摩大会上，曾经演出过《胡桃夹子》全部组曲，包括《糖果仙子舞》《特科帕克舞》和《咖啡仙子舞》等。

当时，星枝跳了《茶仙子舞》，铃子跳了《芦笛之舞》。

《胡桃夹子》是根据一位少女在圣诞夜的梦中所见的内容而创作的童话故事舞曲。

那时候，铃子和星枝都是恰值做胡桃夹子美梦之年龄的少女。

《花的圆舞曲》作为压轴，花样年华的少女翩翩起舞,宛若群芳绽放。

这首舞曲成为她们愉快的回忆。

竹内为让两位女弟子扬名于世做足准备,今夜专场举办"早川铃子·友田星枝首场舞蹈艺术演出",曲目中特地加入《花的圆舞曲》,并让她们二人领衔主演,还重新修订了原有的动作设计。

星枝和铃子一走出后台,竹内便立即走过来,拿起星枝镜台上的项链看了看,又悄悄放回原处。然后,他无意识地摸了摸挂在墙上带着女孩气息的戏装。

衣服、花束和化妆道具越是凌乱不堪,就越是显得富于青春朝气。

两人下了阶梯,走向舞台一侧,乐队早已奏起华尔兹主题曲,舞女们一边跳跃,一边等待主角登场。

"友田,友田!"

后面有人呼叫,星枝没有听见,预先做好舞姿出场;同时,铃子从另一侧走到舞台中央,与星枝相会。

"没事吧?挺好的。"她小声鼓励星枝。

星枝只用眼睛示意没问题。

接着,铃子一边跳跃,一边担心地时不时望着星枝,两人又一次接近时,她对星枝发话:

"我好高兴,你心情好些啦?"

第三次接近时则说:

"好棒,星枝!"

然而,星枝似乎没有听到,她只顾跳舞,如入无我之境,昂奋而又热烈。铃子看在眼里,自己的动作变得有些零乱,肉体和精神都未能完全入戏,浑身显得很不自然。

不一会儿,两人再次靠近,互相牵手。

"你撒谎!讨厌!"

铃子不知是嫉妒、愤怒还是悲戚,她焦躁不安,不久又说道:

"太过分啦!好可怕的人啊!"

星枝只是一门心思跳舞。

铃子一心不甘人后,舞姿里涌动着青春的激

情。

不料，一边同星枝相争、一边跳跃的铃子，对于铃子的争斗心浑然不觉的星枝，却造就了一场互不协调的美丽。两人的动作不像是花间款款飞行的蝴蝶的双翅。

当然，观众不知道这些，一曲终了，她们又被掌声再度唤回舞台。

星枝同刚才相比，完全像另一个人。她精神昂扬，旁若无人，连声音里都充满兴奋之意。

"太好啦！从来都没有跳得这样痛快。音乐和舞蹈完美一致！"

铃子也满怀高兴地回应观众的喝彩。她走到舞台一侧，在那里，身穿东方舞装观看跳舞的竹内抱住铃子的肩膀，安慰她道：

"跳得真好啊。"

老师话音刚落，铃子满含热泪正要投向竹内怀里，又猝然转过身子，抢在舞女们前面，登上阶梯，跑回后台去了。

星枝用口哨吹着刚跳过的圆舞曲中的一节，

蹦蹦跳跳地走进化妆室。

"撒谎,耍阴谋,自私自利!我上你的当了!骗人,卑鄙!"

"哎呀,生这么大的气?"

"为什么不堂堂正正地竞争?"

"我讨厌和别人争!"

星枝急不可待,她一把撸掉花束上的花瓣,撒在地上。

"不要碰我的鲜花!"

"这是你的?谁要同你争啊?"

"是啊,你就是彻头彻尾的个人主义者。为所欲为,没见过像你这样可怕的人。"

"你真生气啦?"

"我说的不对吗?刚才还在怨天尤人,垂头丧气,说什么不想跳舞,不是吗?弄得我放心不下,上了台还在记挂,反而自己跳得缩手缩脚,有这么可恨的吗?而星枝你,一转脸什么都忘了,自己跳得风风火火,好不高兴!真是个骗子,撒谎家!"

"我听不懂你在说什么。"

"不觉得卑鄙吗?净想点子骗人!给别人使绊子,只顾自己跳得好。"

"才不是呢,那些事不怪我。"

"不怪你怪谁?"

"怪舞蹈呀,一旦跳起来,什么都忘了。如果一心想着要好好跳,反而跳不好呢。"

"看来,你星枝真是个天才!"

铃子只顾冷嘲热讽,可那话音连她自己都觉得可悲。

"我不会服输的,决不服输!"

铃子焦躁不安,一边整理戏装,一边叨咕。

"好吧,走着瞧,星枝,今后你肯定要吃大亏的!说不准什么时候扑通一声,一落千丈。在别人眼里,你这性格,就像那种在悬崖上走钢丝的悲剧主人公。自己没觉得什么,其实既危险又可怜。大家都为你揪着心呢,想着千万别出事啊!所以人人都让着你。你自己反而不知道,独自逞强。"

"我在舞台上只顾高高兴兴地跳舞,有什么不对呢?"

"高兴,高兴,你只顾自己高兴,可曾想过别人高兴不高兴?"

"在舞台上一边跳舞,一边还要想着别人,我才不管那些可恶的人情世故。想起来就可悲,心里一点也不痛快。"

"要是世人都服你,那还真了不起,"铃子随即压低嗓门说,"不过,在舞台上获得成功,成为舞蹈明星,不是靠勤奋和才能,而是要靠星枝你这样的韧性,这才是最重要的。那好吧,你就把我踏碎在脚下,只顾自己成名好啦!"

"根本不是这样。"

"那么我问你,别人对你那么关心、爱护,你有没有放在心里?"

星枝没有回答,只是望着镜中的自己。

铃子悄悄来到星枝背后,和她脸贴着脸,对着镜子说:

"凭着这副态度,星枝你也能喜欢上什么人

吗?那时你会是一副什么面孔呢?真想见识见识啊。"

"我准是一副苦相。"

"瞎说。"

"看不出来是因为化了妆。"

"快点把衣服拾掇好吧。"

"不用,女佣会来做的。"

这时,竹内从前台回到后台。

《花的圆舞曲》结束后,还有一出竹内参演的舞剧,至此,今晚的演出结束了。

铃子翩然跑着迎了过去。

"今天晚上全靠老师多方关照,太感谢啦。"

铃子用毛巾揩拭着竹内肩头和脖子上的汗水。星枝坐在自己的镜台前没有动。

"谢谢老师。"

"祝贺你们,大获成功。"

竹内的身子一任铃子摆布,自己只顾擦拭脸上的妆面。

"都是托老师的福啊!"

铃子为竹内脱掉戏装后,给他擦光裸的脊背上的汗水。

"铃子,铃子!"

星枝尖着嗓子带着谴责的口气高声呼叫,用白粉刷子敲打着镜台。

铃子装作没听见,到洗漱间洗净毛巾拧干后,一边仔细为竹内擦干净前胸和后背,一边愉快地交谈着今晚的演出。最后,她好像抱起了竹内的脚,一只手捧住,一只手为他擦拭足底和脚趾,接着,又为竹内按摩小腿肚。

铃子高高兴兴地做着这一切,情意殷殷。站在旁人的角度,这一切让她看起来对老师真心实意,不藏半点虚假。

但是,铃子的动作过于娴熟,并且仍是一身舞装,肌肤裸露,因而在别人眼中,宛如在窥探密室中的一对情侣。

"铃子!"

星枝又喊了一声,这是充满厌恶感的、神经质的尖锐呼叫。之后,她霍然起立,走出屋门。

竹内默默目送着她远去。

"啊,可以了,谢谢。"

他走到房间一角的洗漱间一边洗脸,一边说道:

"听说南条呀,下周要乘班轮回来啦。"

"哎呀,真的吗,老师?太叫人高兴啦。这回是真的要回来了吗?"

"是的。"

"他还会记得我吗?"

"那时你多大了?"

"我十六七岁。南条君曾经埋怨说,和一个没谈过恋爱的女孩子一同跳舞,实在跳不出什么味道来。这些他都还记得吗?"

"他当然会记得的。这回他肯定会主动邀请你一起跳舞的。或许他会觉得还是没有恋爱的人更好。当他看到那个被他当小孩子看待的人,如今成了舞蹈明星,一定会感到惊奇的啊。"

"真是的,老师。本来,我指望他回来教我跳舞呢,眼下反而觉得有些害怕,及早担心起来。

他在英国的学校学习深造,接着又去法国观看一流明星跳舞,哪里还瞧得上我这等人。"

"男人总不能一直独自跳舞,总得有个女舞伴才行。"

"不是有星枝吗?"

"你不能甘拜下风啊。"

"南条君要是瞧着我,我一定会惶恐不安,浑身打哆嗦的。而星枝依旧可以沉着冷静地跳舞。要是有个好舞伴,她自己也会达到走火入魔的神奇化境,一跃跳出异乎寻常的水平来。她好可怕呀。"

"难为你想这么多,"竹内稍稍有些不悦,他接着说:

"南条归来后,所里准备尽早为他举办汇报演出,到时候你们俩和他同台共舞。以南条为中心,三个人齐心合力,推动我们研究所发展起来。我也好就此安心隐退了。你也吃了不少苦,你要和南条君携起手来共创辉煌!研究所地板需要更换了,墙壁也要重新粉刷。"

铃子联想到，南条的归来比预期延迟了两三年之久，竹内也一直为此担心。所以，这回去横滨迎接，竹内指不定有多高兴呢！

"他是绕道美国回来的吧？"

"好像是。"

"为何'好像'是呢？"

铃子有些吃惊，她又问老师，南条有没有在来信或电报里说清楚呢。

"其实是从新闻记者口中听说南条君要回来了，我也是刚刚在这里知道的。"

"啊？这种事，他怎么没有预先告诉老师一声？"

铃子一时愕然，看到竹内阴郁的脸色，随之同情起老师来，同时感到自己也将被南条抛弃，于是突然失望地哭了起来。

"简直难以置信，一切全靠老师的栽培，他才有机会出国留学。真是个知恩不报的疯子！老师，您为何还要到横滨接他呢？我讨厌他，无论如何，我都不会和他一起跳舞。"

星枝走到廊下的时候，负责道具和照明的人个个焦头烂额，正忙着收拾东西。乐手们早已携带着乐器回去了。

晦暗的观众席空无一人。

会场管理人、舞女的家人亲友，以及舞迷模样的学生和小姐，各自带着兴奋的表情，有的在评论今晚的演出，有的坐在长椅上等待，有的前往后台。

说是舞女，其实都是研习舞蹈艺术的学生。她们并非一直在舞台上服务，立志将来当舞蹈家的人也很少。其中有一半是女中学生或小学生，多是富贵人家的女孩子。

她们的化妆室比铃子等人的化妆室宽敞，舞女中有的换下戏装，有的去后台浴室洗澡，有的化妆，有的寻找献给自己的花束……人人都在忙着做回家的准备。一派热烈的气氛中，演出后兴奋的余波还荡漾于青春的话音之中。

星枝在廊子上受到各类人物例行公事般的祝

贺：

"恭喜演出成功！"

有人请她签名，对她赞不绝口。

即便如此，她也是随便应酬一下。当她在舞女们的化妆室里玩的时候，她家的女佣在走廊上招呼她，她便跟着女佣回到自己的化妆室。

打开房门，铃子正站在竹内身后，为他穿上西装。这件和刚才的不一样，星枝虽然注意到了，但没有瞧一眼，只是把自己的戏装一一指点给女佣看：

"这件，这件，还有这件……"

铃子向她示意，她也认真点点头，披上春季的外套，两人一起把竹内送到门口。未等竹内开车驾开，铃子就兴冲冲地告诉星枝南条下周乘船归来的消息。

"是吗？"星枝淡然应道。

"不过，他没有预先通知老师。知恩不报，哪里有这样的疯子？太过分啦！我太为老师痛心了。"

"可不是嘛。"

"要是舞蹈演员们一起抵制他,在报上写文章抨击他就好了。我们约好不去迎接,也决不和他同台演出,好吗?"

"好啊。"

"不行,真令人信不过,你应该更加愤怒才是。你也是个薄情之人,在这一点上你不逊色于南条君。"

"什么南条君,我不认识他呀。"

"老师不是经常像谈论自己的孩子一样提起他吗?你没看过他跳舞?"

"他的舞蹈我是看到过的。"

"跳得很棒吧?!人们都说,日本第一个西洋舞蹈的天才诞生了。他是日本的尼金斯基[1],日本的谢尔盖·利法尔[2],所以,老师不惜重金,借

---

[1] 瓦斯拉夫·尼金斯基(Vatslav Nijinsky,1890—1950),俄国芭蕾舞艺术家、演员、舞美设计师。10 岁进入圣彼得堡马林斯基剧院附属舞蹈学校学习舞蹈,18 岁成为该剧院芭蕾舞明星。所演曲目有《牧神的午后》《玫瑰花精》《春之祭礼》等。

[2] 谢尔盖·利法尔(Serge Lifar,1905—1986),法国芭蕾舞艺术家,一生参演过众多曲目,其中有《猫》《颂歌》《铁蹄》等。

钱送他出国。从此,竹内研究所才变得贫困起来了。"

"是吗?"

此时,星枝的司机和女佣提着她的衣箱以及别人赠送的彩带绣球走出来,来到星枝跟前。

坐在走廊长椅上的一位青年站起身来,紧跟星枝身后。

"友田姐姐!"

"哎呀,您在做什么,怎么还不回家呢?"

星枝面无表情地打他面前通过。

铃子回到后台,洗干净脸,躲在屋角屏风后面,脱去戏装,对星枝说:

"为了我们两个今晚的演出,老师也十分艰难地筹措了一笔资金啊。"

"是的。"

星枝看到她前胸和胳膊上还有白粉,说道:

"不洗个澡回去吗?"

"星枝你也要考虑考虑,研究所的房子、乐器,以及所有值钱的东西都作了抵押。为了今晚演出的租场费,老师就往来奔走了三四天。"

"制装费似乎也欠下好多,戏剧服装店常来讨债,令人心烦。"

"我说星枝啊。"铃子看来有点不堪忍受,"'门里门外两重天',你知道什么意思吗?"

"我知道。就是说,一旦贫穷,缎子腰带也会卖掉。"

"星枝说不定也会有卖掉缎子腰带的一天,因为乞丐也要吃饭。你太缺乏人情味了。就拿刚才来说,一副令人生厌的表情,太过分啦!作为老师的学生,为何就不能照顾老师一下呢?"

"太碍眼了!"

"碍眼?什么叫碍眼?"

"碍眼就是碍眼。老师光着膀子,太不像样了,真亏你动得了手。"

"哎呀。"

铃子觉得出乎意料,她的胸口似乎被人捅了一刀,再也说不出话来。

"洗洗澡吧。"

"你是叫我洗洗手对吗?"

铃子似乎遭受了屈辱,绷起面孔。

"铃子你那一番表现,我有点看不惯。"

"可是……"

"我觉得很可怜!"

星枝又进一步强辩道。

铃子像斗败的鸡,沉默不语。

"因为可怜,所以我看不下去,看了生气。"

"为了我吗?"

"是的。"

"我懂了,我很高兴,"铃子自言自语,"千金小姐,就是不同于贫苦人家的姑娘。生来这样的性格,没办法。不过,我是觉得老师很可怜,真心想为他尽把力。并非为了做贴身门生而有意换取老师的欢心,才去照顾他日常起居的。我只是很愿意这么做。说实在的,咱们女人家,结了婚不就是干这些吗?"

"要是别人,爱干什么干什么,我才不管呢。我不是喜欢你吗?所以看不顺眼,心里难受来着。"

"嗯。"

铃子抱住星枝的肩膀,让她坐到镜台前边。

"我给你化化妆吧。"

星枝顺从地点点头。

两人都换上了自己的洋装。

铃子一边为星枝整理头发,一边说道:

"我十四岁就成了老师的贴身弟子,他送我上女校,像对待亲生女儿一样呵护我。但我也和女佣一起在厨房里忙活。毕竟是在别人家里,各种事情使我处处倍加小心。首先体察别人的心情,然后再考虑自己的心情。我一心想学舞蹈,一直承受着这一切。"

"别人的心情?从旁真的能明白别人的心情吗?我很怀疑。"

"我不愿谈论那些冠冕堂皇的大道理。老师没有夫人,或许正是这个缘故,我更了解老师的心境。要是没有我在他身旁,很难想象老师会是什么样子。可能他会一直穿着脏污的衬衫,指甲长了也不剪。"

"了解他人之心,你不认为是一件很苦的事吗?"

"是啊,所以我认为艺术很难得,若没有献身于艺术,我一定会成为一个性格扭曲、行为不检、喜欢卖弄小聪明的孩子,缺乏少女应有的气质。是艺术拯救了我。"

"艺术这东西,我觉得好可怕。"

"舞蹈不就是艺术吗?正因为你生来就是跳舞的天才,人们才会原谅你的任性和自负,不是吗?要是夺去你跳舞的权利,你肯定会变成一个管不住的疯子。"

"艺术,不知为何,我总有些害怕艺术。它能使我立即沉沦其中。当我醉心于跳跃,浑身觉得酣畅淋漓,仿佛在天空飞翔时,又会忍不住想自己究竟要飞向哪里,又会变得如何,总是忐忑不安。梦中遨游太空,就是那种感觉。没有抓手,一味飞翔远去。即便想停止,也仍似他人之躯。我不想失去自我,因此不论何事,我都不愿沉沦其中。"

"富贵人家的娇小姐,仗恃于个人天赋,才会说出这番话来。真羡慕啊!"

"是吗?铃子你真的打算跳一辈子舞吗?"

"讨厌,现在怎么还说这些呀?"

铃子嬉笑着,拿起大白粉刷子扑打星枝的脸。星枝一直闭着眼睛,稍稍噘起下巴说:

"瞧,我才是一副苦相对吗?"

铃子为星枝的面颊涂抹胭脂,描画眉毛。

"刚才什么事使你伤感?从来没见过你那样粗暴呀,你怎么突然失态了呢?"

星枝寂然不动,她的面孔宛若一副美丽的能乐面具[1]。

"我要是因为你倒在舞台上,那才难为情呢。"

"我当时不想跳舞了,出场时,我看到母亲在观众席上,就已是满心的不高兴,忽然乱了舞步,

---

[1] 能乐演出时,演员戴假面具登场,谓之"面"或"能面"。

怎么也跟不上音乐的节奏了。伴奏也很不争气。"

"哎呀,你家母亲来啦?"

"她偷偷地把什么未婚夫候选人带来了。可我不愿意光着身子跳舞时给人看到。"

铃子愕然地望着星枝的脸。

"好了。"

铃子将眉笔放到镜台旁边的化妆包里,即刻叫道:

"哎呀,项链呢?项链收到哪里去了?"

"不知道。"

"是在这儿的呀,你真的不知道吗?真讨厌,弄丢啦,你闪开,我看看。"

铃子说着拉开镜台的抽斗,又瞅瞅镜台后面,匆匆寻找了一遍。星枝一味听任铃子处理。

"算啦,或许女佣收起来了。"

"那倒好了,不过,女佣没有收拾镜台啊,要是丢了可就糟啦。真不该放在这个地方,这可不是演出时戴的玻璃假项链啊。我去问问别人看。"

铃子风风火火走出了后台。

星枝对着镜台照着自己的脸。

外面的夜风已经像初夏,但后台上舞女们的服装与花束,还有她们脂粉的馨香,依旧笼罩着晚春的气息,滋润着少女们滑嫩的肌肤。

美国航线上的筑波号轮船,午前八时驶入横滨港。

竹内一行出于职业关系,已经习惯于迎来送往外国的音乐家与舞蹈家。他们计算好时间,于轮船靠岸稍晚些时候到达了那里。

但抵达时,时间尚早,海关大楼屋顶的尖塔,依旧辉映着初夏的朝晖。午前,街道树下一地清荫。

他们在海关前边停车,铃子去陆务部领了门票。这里不愧是码头,右边排列着细长而低矮的仓库,他们就从这儿渡过新港桥。桥左侧那块脏污的海面仿佛是掘出来的,三菱仓库前泊满了日本老式木帆船,船上晾晒着内裙、白布袜子、紧身长裤、贴身背心、尿布以及孩子们的红裤褂,又破又脏,愈加为周围现代化的海港风光增添了异国情调。还有的船上正在洗涮早饭用的盘碗。

竹内和铃子之外,还来了两位女弟子,其中一人在海关岗亭前边下车,把照相机交付受检。

一行人抵达四号码头,星枝早已候在那里了。她家在横滨,一个人先来了。

"呀,欢迎啊!"

竹内一下车,忙着招呼道,把自己的花束交给星枝。星枝接过来说道:

"老师,我不认识南条君,不想为他献花。"

"没关系,他今后就是你台上的舞伴啊!但凡我的得意门生,也是你的兄弟姐妹。"

"我和铃子约好了,我们不和南条君同台跳舞 您其实不用来接他的。"

竹内只是微笑着,他走到轮船公司值班人员身边查阅乘客名单,铃子从他背后一眼瞅到了。

"啊,有啦!老师,他在185号船室,他还是回来了呀!回来了呀!"

铃子满脸通红,兴奋地几乎要跳起来。她把

两手搭在竹内肩头,竹内也很高兴。

"是啊,回来了,到底回来了。"

"简直就像做梦,心中始终不能平静,老师。"

一行人带着明朗的神情眺望海港。

南条不会不向老师通报一声就回来的,除非他目空一切,谁都不在乎了。到底发生了什么呢?不过,大家对南条的愤恨与疑虑,从一走进轮船停靠的码头开始,就一直搅混在重逢的欢乐之中。竹内甚至联想起这位心爱弟子少年时期的面影。

他们登上码头的二楼,决定在临港餐厅里等着。这里也挤满了接船的人们。人人都透过敞开的窗户眺望海港,女弟子们耐不住性子,呷一口红茶,将花束放在桌子上,走上通往岸边的步廊。

海港满溢着初夏午前的光辉。那里停泊着各国的客轮和货船,摩托艇往来其间。铃子满心兴奋,分不清哪个是筑波号客轮。星枝生在横滨,她指着海面对铃子说:

"瞧,那里,眼下正向这里驶来。一艘漂亮的大船，画着红色粗线、有白烟囱的那艘。烟囱又短又粗。听说轮船没有烟囱，乘客心里会感到不安。因此，轮船公司都把烟囱精心打扮一番，作为吸引乘客的策略，称作化妆烟囱。有大烟囱，不仅看起来船速快，也使人觉得更加安全可靠。"

铃子知道那艘就是筑波号之后，心里想象着，当南条看到令人怀念的故国陆地，该是多么高兴啊！她觉得自己仿佛就是南条，心中兴奋不已。

"南条君正向我们这边眺望吧？他一定在望着我们。甲板上的人有没有在争抢望远镜呢？"

铃子说着，想借用一下身边女子的望远镜。那女子套着厚厚的草鞋，一头鬓发，衣袖宽大，像是振袖和服。

"人们走动起来之后，还要费好长时间，我们去散散步吧。"星枝挽着铃子的手臂说。

她们迎着急急登上码头的车辆和人群逆向走去。如今折回刚刚走过的通道，铃子回望着筑波号客轮，心里始终平静不下来。

星枝打开报纸，大声阅读今日神奈川版的

《进出港船只栏》,其中分别列举了今明两天的进出港船只与滞港船只。星枝一边阅读,一边对照停泊的船只,什么"利用递信省[1]补助金建造的豪华货轮"啦,什么"达拉公司的轮船"啦,不愧是横滨出身的姑娘,滔滔不绝地一一说明,听得铃子云里雾里。

她们走到栈桥,欧洲航线上的英国船停泊在那里,甲板上有个水手正在俯视这里。走近船腹,这里寂静得令人害怕。栈桥餐厅也紧闭着大门。这时,咯噔咯噔地闯入一驾运货马车来。马儿多么老朽、瘦弱啊,车夫也和马儿一样,打着盹儿,似乎随时都要摔倒在地。说是马车,其实车厢只是在一块木板的四个角支起四根棍棒搭成的,破旧不堪。

迎头走来一对英国老夫妇,领着一个十二三岁的女孩,静静地回到船上。女孩在唱歌,嗓音甜美。

---

[1] 日本旧时主管邮政、电信等业务的中央行政机关,1885年设立,1949年废止。

栈桥屋顶，或者说楼上更合适，星枝和铃子站在一头，眺望海港，默然不语。过了一会儿，星枝突然问道：

"铃子你要同南条君结婚吗？"

"哎呀，没那么回事，你怎么问这个？讨厌，全是风言风语。"

"你不是打算南条君一回国就结婚吗？所以才一直等着。"

"胡说，只是有人这么传罢了。"

铃子急忙打断话题，不久又自言自语：

"当时我还年小，他出国时依旧把我看作一个小女孩。"

"初恋啊。"

"那是五年前。"

"铃子一旦结婚，老师就惨了。"

"哎呀，星枝居然如此替人着想，真是难得啊！要是叫老师听到了，他会很高兴的。"

"不过，没关系的，一个个总要结婚的啊！"

"南条君要是稍微想着我，也不至于闷声不响地回来,不该连封信或电报都不肯来一个呀!"

"咱们还来接他,真是太傻啦!"

"南条君一定会更喜欢星枝你的啊!"

"瞧你怕的,没想到你这么胆小,又在撒谎啦。"

两人回到四号码头时,筑波号庞大的船身,仿佛已经贴近前来迎接的亲友胸前了。

听到了船上演奏的音乐。海鸟群集而来,在轮船和码头之间急匆匆往来飞翔。摩托艇从船头和船尾拖来船缆,岸上的人们一边相互推拥着后退,一边又将身子探出栏杆外。已经可以看见乘客了,他们也都在甲板上伸展着身子,有的挥动手里的国旗,有的举起望远镜眺望。吊着一排排救生艇下面的小圆窗内,也填满了一张张面孔。

迎宾人群中,有人高高舞动着欢迎退伍军人时使用的国旗。西洋人的家属拥抱在一起,挥动着帽子。唯有一位日本姑娘,不顾人们的喧嚣吵闹,独自依靠在餐厅的墙壁上,悠悠然在阅读一部外文书。一角突向海里的陆地上,聚集着招徕住客的旅馆员工。有的人穿戴考究，那是为了迎接海外淘金者成功归来，有的人是同移民有亲缘关系的乡下农民，也有船员的家属，甚至还有娼妓，她们始终是一副睡眠不足的表情。

已经可以看清船上人们的面孔了。船上与岸上感情相连，人们欣喜欲狂。确实是纯粹而兴奋的时刻。

"啊，太高兴啦，啊！"

不知是否因为找到了所等之人，一位漂亮的姑娘长舒了一口气，跺着脚，不停地顿着双足。玲子从一旁看着她，不由也被她带动起来，高高挥舞着鲜花。竹内也大声问道：

"在哪里？在哪里？是南条吗？你看到他了？"

"没有看到，我只是兴奋来着。"

"你再仔细瞧瞧，看有没有他。"

"南条君一定看到我们了。"

"好奇怪，看不到像南条君模样的人，不知为什么。"

近旁的人们都在匆匆向下面走去，竹内等人也来到外边。那里等着登船的人已经排起长队。铃子和星枝被前推后拥，只得将花束高高举过头顶。

不一会儿，到了允许登船的时候了。他们一行也从 B 甲板上了船，心里估摸着，南条可能在进门的大厅里等候，但哪里都看不到他的身影。

"肯定还待在船室里吧。"

急忙走去一看，185 号房间倒是用罗马字母标示着船客的名字"南条"，但房门紧闭，任怎么敲门也无人答应。

然后，他们又到 A 甲板上的步道、吸烟室、图书室、娱乐室以及餐厅，匆匆找了一遍，也不见南条的人影。到处都是陶醉于重逢喜悦之中的亲人、情侣、朋友……前推后拥，奔跑不停，动辄就得同他们磕磕碰碰。其间，竹内渐渐露出一副歪斜着的阴沉面孔。

铃子和星枝登上逼仄的阶梯，那里是儿童游乐室。

"哎呀，这里还有玩沙子的地方呢。"

星枝抓起一把沙子惊异地看着，铃子双膝跪在狭小的沙地上，哭泣起来。

"太过分了，太过分了，简直不像话啊！"

"那也用不着哭哭啼啼吧，"星枝紧闭朱唇，握紧拳头，"你不觉得很痛快、很有趣吗？"

竹内两眼布满血丝，他一走进办公室就问道：

"185号房间的南条上岸了吗？"

"哎呀，这么多乘客，很难弄清楚啊。不过，负责的服务员现在还在那个房间附近，他也许会知道的。"

听了办事员的回答，竹内随即折回船室，询问正在打扫房间的服务员。

"大部分客人都上岸了。"

185号房间依旧锁着门。两边船室之间细长的走廊，闪耀着白漆的光亮，没有一个人影。

大厅里的女弟子们，带着不安的神色等待着。那里也已寂然无声。

竹内压抑着愤怒,他苦笑着说:

"可能已经上岸了。应该在岸上等着的。"

或许的确应该如此。码头的阶梯分为上下两段,接船的人从下段阶梯上船,乘客由上段阶梯上岸,这是为了防止拥挤。从海岸通往轮船的渡桥,也分上下两座,可能竹内一行人尚未上船时,南条已经上岸了。

开始运送乘客的行李了。

正要走出船舱时,星枝忽地将花束投进海里。铃子看到随波漂荡的花朵,茫然凝视着自己手里的鲜花。

临港餐厅又热闹起来了。有归国的人正在欢迎宴会上致辞。

竹内走到码头的后门口,一一对着车内瞅了一遍,终不见南条的影子。问报社记者,他们回答说,他们也在找南条,打算要他谈谈回国的感想。

竹内也许不堪忍受屈辱和愤怒,抑或悲伤之余,很想独自一人待上一会儿。

"谢谢了,对不起,我先回去了。"

他说完,头也不回地匆匆走了。

女弟子们你看看我,我瞅瞅你,星枝家的司机将车开了过来。

"要回家吗?"

铃子冷不丁问了一声。星枝使劲儿摇摇头。

"不回家。"

"那么……"

铃子一直望着竹内的背影,不由热泪滚滚,突然奔跑起来。

"老师,老师!"她喊着,追了过去。

两位女弟子带着困惑的表情,望着星枝问道:

"不回家吗?"

"不回家。"

"好吧,再见。"

"再见。"

星枝独自上船,来到南条房间门前,悄悄靠在门扉上纹丝不动。她闭起双眼,露出一副冷峻的神情。

仓库铁锈色的屋顶,林荫道的新绿,前方泛白的西洋式街衢,海上吹来的微风,无不给人以鲜明爽适的印象。铃子的皮鞋似乎仍在笃笃敲击着地面,她一心想要追上竹内,这敲击声更使得她的一腔思绪平添忧伤,她目无旁顾地疾步向前。

"老师!"

她几乎一头撞在他身上。

"啊。"竹内虽说有点意外,但也满脸喜色地问道:

"你一个人吗?"

"是的。"

铃子摘掉帽子,甩甩头发,擦擦汗水。

"已经是夏天了。"

"天气真好啊!"

铃子快乐地笑着。

"星枝她们不知到哪儿去了,我只顾紧追老师来了。"

竹内沉默不语,铃子不经意地望望竹内的脸色,向前走着。

"南条说不定正在旅馆休息呢。"

竹内说着,走进新格兰德饭店[1],看样子南条没在这里,便立即出来了。

"去吃午饭吧。"

在外边等着的铃子,依然表情沉重,只顾摇着头。

"那稍微走走吧。"

铃子点点头,他们随即从绿荫遍地的山下公园旁边,渡过垂柳飘动的谷户桥,沿着道路两侧排列着西洋花店的斜坡,向山丘顶端竖立一面旗子的气象观测站攀登。到达那里之后,听到一群少女合唱赞美歌的声音,两人被歌声吸引,随后进入外国人墓地。

说是墓地,却显得颇为明丽,草坪绿意充盈,

---

1 即 Hotel New Grand,位于横滨中华街附近,横滨唯一一家富于古典西洋情趣的饭店。

清晰地凸现着大理石的洁白。草坪上面点缀着花朵，辉映着初夏正午的太阳，使这里看起来愈加像是一座洁净有序，既欢快又静谧的庭园。山丘斜面陡峭，自右首的滞港船舶，至中间的海岸街、伊势崎町百货店，直到远方山峦，一目了然。

赞美歌继续从山麓的墓地上传过来，唱歌的应该是一群基督教学校的女学生。

进口一侧土堤上的灌木丛中，盛开着火红的杜鹃花，那颜色似乎都映射到大理石十字架的断面上了。

或许是草坪和空气的缘故，女人衣服的色彩宛若艳丽的绘画。尤其是年轻姑娘的日式和服，看起来美丽得无法形容。前方的景观一览无余，身处此处，仿佛飘荡在街道上方。或许这地方也是横滨的一处旅游胜地，不仅有外国人前来凭吊，也有装扮得花枝招展的日本姑娘来参观，流连忘返。

有的碑上镌刻着"为我爱妻圣洁的回忆"的铭文，下边附有《圣经》语句。随着铃子恭敬地拜读下去，与这墓地有着千丝万缕关系的人的情爱与悲惋，也似乎同她的内心相通，她自己的感情也由此倾流而出。

"哎，老师，南条君真的回来了吗？"

"是回来了呀，不是明明有他的房号吗？"

"他会不会途中跳海了呢？"

"怎么会有那种傻事呢？"

"我也不相信啊，但我总以为那间舱房里是南条君的骨头或幽灵。"

铃子说着，随即发现脚边有座小小的坟茔，崭新的大理石表面上镌刻着百合花。

"呀，好可爱，是婴儿的墓啊。"

她似乎忘掉了一切，将一直捧在手里的花束，悠然放在这座墓前。

小小墓碑前，同样用大理石围起一块花圃，不仅长满了鲜花，还放着凭吊者带来的盆栽。

"星枝早就把花束扔到海里去了，她不像我这样一直抱在怀里不放。管他什么南条北条，干脆就扔到这方外国人的墓地算了。"

"也好嘛。"

竹内随口应和着,他们朝着形似地岬、一端突出的草地走去。唱着赞美歌的少女们,沿着下边的道路回去了。铃子坐在竹内身旁,说:

"上回汇报演出那晚,老师,我和星枝看到南条君那样忘恩负义,两人当即发誓,坚决不同南条君一起跳舞,也不来迎接他。只因老师要来所以才来的。"

"哎,算啦。"

"我想他不会对老师连个招呼也不打就踏上日本的土地。"

"他或许有他的考虑,说不定有什么隐情。总之,他是乘坐筑波号回来了,这一点确定无疑。必要时找遍全国,总会有人知道他。干的是立足于舞台的买卖,瞒也瞒不住的。你一定要抓住他啊!"

"我不愿意。"

"你不是同南条有什么约定吗?"

"约定?"

"南条出国前。"

"没有啊,什么约定也没有。"

铃子认真地摇着头。

"只是我送他来码头的时候,他对我说过,在他回国前,不论发生什么事,都不要停止跳舞。"

"你应该信守与他的约定,即便我这把老骨头被丢进坟场,你也要同南条一直跳下去。"

"快别这么说啦,我怎能离开老师您呢?"

"那又怎样呢?修炼艺术,是残酷的事业,连父母兄弟都可以置于不顾,要忘掉那些黏黏糊糊的世俗人情,首先得有献身精神!"

铃子盯着竹内的脸瞧了好半天。

"老师在说谎。"

"是你在说谎啊。"

"老师最疼我了。"

"这倒是。不过,这五年你不是一直等着南条归来吗?一旦南条回来,你又怕被他嫌弃,又怕缩手缩脚放不开身子跳舞,其实这些都是多余的顾虑。还有,你听说南条不打声招呼就乘船回国,马上骂他是知恩不报的疯子。其实，这些都不是你心里话，不是吗？"

"我是真心的。老师不觉得南条君做得太过分了吗？"

"是的，确实令人生气。"

"您还是来接他了。"

"是啊，不过，为了让南条将来多照顾你们一些，我宁愿忍辱负重。"

竹内虽然口头说得好听，但内心感到歉疚，也有点苦涩。其实，他本想叫回国的南条担当研究所的助手，重整旗鼓，试图摆脱经济困窘的局面。然而，铃子眼下根本不会想到这些事。听了竹内的话，铃子内心里也有所触动，"嗯"了一声，随即点点头。

"我很理解老师的用心，所以才会感到很遗憾。"

"不要气馁，只管一个劲儿坚持下去。"

"该怎么办呢？"

"还不明白吗？抓住南条不放就行啦。他在西方学到的东西,你也全都学过来。拿出吸干他生命之源的劲头,吞噬他掌握的知识,这可以说是一种复仇的手段。倘若南条背叛了我与你,或者他是个坏人,干了坏事,你爱南条的话,也可以和他同归于尽。果真如此,你也没有什么可遗憾的,我可以为你料理后事。人们常说的'毫无遗憾地活着',或许就是艺术的根本。你思念南条五年,如今这份纯洁的情爱遭到亵渎,太可惜了!"

铃子听着听着抽噎起来。

竹内说出的这番话,同他的年龄很不相称,完全出自对年轻人的嫉妒和已逝青春的悔恨。虽说也出自对铃子的一番情爱,但当觉察自己的话在铃子身上有了反应的时候,他立即站起身来。

"南条即使知恩不报,世人肯定还会对他的舞蹈报以喝彩。"

铃子进一步抬眼,追问道:

"您感到很失落吧,老师?"

"你那样啜泣,不是也因为南条吗?"

"不是的,我听老师这么说,心里总觉得很难过。"

"不要太在乎这些。"

"可我从来没想到老师对我放手不管了。"

竹内惊讶地看着铃子,随口问道:

"友田家就在这附近吧?"

"哦,星枝已经回家了吧。"

"顺便去看看吧。"

铃子默默摇摇头,站起身离开了。

竹内和铃子尚未到达外国人墓地的时候,星枝已经背靠南条船室的门扉,一直站在那里了。她露出一副冷冰冰的表情。

不久,锁眼里响起钥匙转动的声音,星枝悄悄躲避起来。门静静打开了,星枝的身子正好藏在了门后。一个女子从门内探出头来,看了看走廊。于是,南条跟在女人身后,拄着松叶杖出来了。

女人轻轻触一下门扉,门自动关上了。一看到星枝在这里,南条和那女人突然站住了,但是星枝和南条并不认识。

星枝依旧靠在门扉上，低着眉头不想动弹。南条他们只好从她面前通过，当拉开距离之后，星枝也迈开了步子。那女人不安地回头看看，她责问南条：

"她是谁？"

"不认识。"

"撒谎。"

"要是认识，总得打个招呼。"

"因为我在场，您想瞒着我。"

"别开玩笑啦。"

"她不是专等您出来的吗？"

"但我从未见过她呀。"

"不要脸，盯梢来了，讨厌鬼！"

星枝听不到他们两人的对话。那女人气呼呼地握紧拳头，两三次捶打着自己的腰部，接着就闭口不语，只管迈动着脚步。

船里已经没有一个乘客了。

码头静寂下来，只有装卸工在搬运从船腹中投下来的货物。南条和那女人逃也似的奔向码头后门,上了出租车。

南条的右腿似乎有些毛病。女人似乎比南条年长些,或许过三十岁了,是个带有西洋风情的美人。

"小姐,您怎么啦?"

星枝的司机颇为疑惑地打开车门。

"跟着那个瘸子的车。畜牲!"

"就是刚才那两个人吗?"

"是的,绝对不要叫他逃掉,不管到哪里都要追上他!"

在气冲冲的星枝的威压下,司机急忙发动车子紧追上去。

"怎么回事?什么人啊?"

"舞蹈家。舞蹈家还拄着松叶杖,没见过。哑巴唱歌,太好笑啦!"

"追上了要做什么呢?"

"不知道。"

"今天去迎接的,就是这一位吗?"

"是的。"

"那位太太,是他的同伴吗?"

"不知道。"

"以前就认识吗?"

"不认识。"

"只要看清车牌号码,跑到哪里都能立即找到。"

"别啰唆啦,只管追吧。你不觉得懊恼吗?"

星枝突然对司机大发牢骚。

车子只顾疾驰,离开横滨市区,从藤泽钻过松林,突然直奔明丽的大海驶去。江之岛浮现眼前。

道路遥远,前面的出租车早就觉察被人追踪,说不定为了甩掉星枝的车子,故意绕圈子,跑冤枉路。

南条对星枝的行动很不理解。从星枝的年龄上看,自己离开日本时,她也就十五六岁光景,他不曾认识这个年少的姑娘。刚才她那种毫无表情的冷淡举止,究竟为着什么呢?较之傲慢与倔强,那一副几乎等同于虚无的美丽,给南条留下恐怖的印象，但他又不好停车责问她为何紧跟不舍。

女人除了怀疑南条与星枝间有什么秘密外，也别无他想。尽管她看这位妙龄女郎不像是坏女人，但对她如此大胆，走到哪里追到哪里的行为，依然很不理解。

星枝也觉得自己的行动不合情理。

汽车自江之岛道口向鹄沼驶去。沿海车道上，左首是海滨沙滩，右首是平坦的松原，眼前一片开阔，晴空万里，柏油马路好似一条笔直的线，直通远方的伊豆半岛。天空一派澄澈，富士山浮在空中。涛声高渺，海滨沙滩绵延不绝。幼松低矮群聚，景色坦荡明丽。还有一片培育松树苗的砂地。这里的植物只有松树。

两辆汽车飞快行驶，看上去全然是莫名其妙的兜风。不一会儿，前面的一辆拐进辻堂松原，消失于那里的一座别墅庭院中。

后面的一辆放慢了车速，稍稍落后些进入那条小路。星枝正要挨近车窗看看门牌时，南条蓦地从门内走出来。路面的宽度刚好使得车体触及两侧的松叶。南条和星枝的面孔出乎意料地靠得很近,可以相互感受到对方的呼吸和皮肤的温热。

星枝突然涨红了脸,紧闭双唇。

"你是谁?有什么事吗?"

南条极力装出一副若无其事的样子。

星枝沉默不语。

"不是你跟踪我到这里来的吗?"

"嗯。"

"究竟为了什么?"

"疯啦。"

"疯了?是你吗?"

'嗯。"

南条怪讶地打量着星枝。

"呵,疯子,有意思。我很喜欢疯子。你好不容易隆我到这里,快请进来吧,待一会儿,说说话。"

"说话?我没话可说。"

"真没礼貌,我问你,为何到这里来?不回答就不放你回去。"

"因为疯啦。"

"别开玩笑了。你想耍弄我吗?"

"正是因为您,我只是想羞辱您一下。"

"什么?"

星枝示意司机发车,忽然悲切地闭上眼睛。

"拿根松叶状的棍子装模作样,我才不会上您的当呢。"

南条目送着星枝的汽车,仿佛做了一场噩梦。

铃子教少女们练习基本功。

她们和上回跳《花的圆舞曲》时登台献花的小女孩们年龄相仿。铃子对待小孩子很有办法,她亲切地照料她们,很多时候都是由她替代竹内指导排练。

离这些小女孩稍远的地方,三四个年龄稍大些的弟子,有的把脚蹬在横杆上,有的对镜做着各种动作,还有的实地跳起了剧中的片段,各自自行练习。

竹内在接待室里同经纪人会谈。

竹内带着困惑的神色说道,他刚接到南条的来信。据信上说,南条他右腿关节受伤了,如今扶杖而行,作为舞蹈家,已经不能站立,犹如行尸走肉。但纵使自己早已打算隐退,想起恩师的悲戚,不忍让他看到自己那副可怜相。

以南条回国为前提构想的计划全部化为泡影。尽管未收到乘船回国的消息,竹内依旧坚信南条一定会回到自己的怀抱。他本打算先在东京,接着在大阪和名古屋等地举办芭蕾舞回国汇报晚会。他还同影剧院签订了合同,准备率领自己的弟子们登台演出。

"即使南条君自己不能跳,也不妨碍参与动作设计与指导,他拄着松叶杖来往奔走,更显其悲剧色彩,更能增强宣传效果,不是吗?"青年经纪人说道。

然而,竹内并不赞同经纪人的提议,他表示:

"我不想兜售悲剧角色,南条太可怜了。"

"别再犯傻了。他好不容易在海外学习五年归来,应该作为舞蹈设计师,开辟一条新的生路才是啊!"

"对南条本人来说,也许他想把舞蹈全都忘掉呢。总之,不见到南条就无法判断。他总会来致歉的嘛。"

"您的这番温情,反而会害了南条君。应该叫他干起来啊!"

"谁温情啦?你根本不懂。"

经纪人露骨地指出:现在不是你我争论的时候。应该尽可能利用一切有宣传价值的东西,力求使研究所摆脱经济困境。这么说当然没错。因为交不起税,钢琴也被查封了,税务署发出的拍卖通知,是和南条的信一起送来的。

无论如何,不见到南条,一切都无从谈起。最后他们只在为浴衣巡回团宣传上达成协议。这是一种流动性质的商业团体,免费招待那些购买浴衣的顾客观看歌舞。到各地方城市巡回演出,也是一次持续不断的长途旅行。竹内虽然对此事并不热心,但他还是让铃子和星枝都去参加了这次巡演。

"还有,南条挂拐杖的事请你保密。因为他连我都瞒着,是悄悄登岸的。其实,我也还没告诉身边的铃子。"

竹内进一步叮嘱道,接着便和经纪人一道走出接待室。

他来到排练场,看到铃子正伴着童谣唱片,指导小孩子们跳舞。铃子自己也仿佛变成个孩子,起劲地跳跃着。

年龄大一些的女弟子们在更衣室内脱去排练服。

竹内看了一会儿孩子们跳舞之后,走到铃子身旁。

"我要外出,帮我准备一下吧。"

"好的。"

铃子对少女们说了一声"像刚才那样继续练习",就进入后面帮老师更衣去了。

竹内一边系领带一边说:

"我决定让你参加这次'浴衣之旅',这是件很苦的差事。"

"不管怎么说,也是一次锻炼。只要认真跳舞就行了。我一定全力以赴。"

"这可是长途跋涉啊!"

"剧目已经定下了吗?"

"这次是乡间巡演,可以安排些通俗、热闹的舞蹈节目。这类事情还是按你所好进行吧。"

"嗯。我回头考虑一下,以便调配服装。"

铃子送走了竹内。

"天要下雨了,老师早点回来。"

铃子又回到排练场,将手里的竹内的排练服嗅了嗅,扔进浴室。接着,她又继续伴着童谣指导跳舞。

过一会儿,孩子们回家了。宽敞的排练场只有铃子一人。她背倚钢琴想歇歇身子,无意中一只手触动琴键,鸣响一声。不久,她又选中一张唱片,静心听了一半曲子,然后急忙大幅度地跳起舞来。

铃子打开壁橱的橱门,这壁橱仿佛一只嵌入整个墙壁的大型洋装衣柜,内部挂满戏装。铃子一一翻检着,一一追思着,随即取出两三件来。

也许是在做旅行的准备吧,她想检查一下手里抱的衣服是否适合使用。戏装上笼罩着舞台的幻影。铃子又想跳舞了,她随手将戏装套在排练服外头。

夕暮降临。看样子已经下雨了。

墙壁上,一整面宽大的镜子随着房间的晦暗反而鲜明起来,映照着铃子水中游鱼般的舞姿。

外头有人敲门。正在跳舞的铃子没听见,留声机也在响着。

门静静打开了,铃子甚至未曾发现,自己的舞姿已经被人看到好一阵了。

"咯噔、咯噔",传来松叶杖越走越近的响声。正在做阿拉贝斯克[1]动作的铃子听到响声,猝然站

---

1 阿拉贝斯克(arabesque),古典芭蕾舞基本体势之一。右手斜向上举,左手斜向下指,右腿支撑身体,左腿斜向后方抬起。

立不动了。

"哎呀,您是南条君吧?是南条君啊!"

铃子说着,急忙跑过来,几乎倒在地上。

"您回来啦?您到底回来了呀!"

"你是铃子吧?"

"真高兴啊!"

"几乎认不出来啦,你跳得更好了!"

"啊,回来啦!您呀,真坏,真坏!"

铃子正要晃动南条的身子,但一触到松叶杖就立即缩回手去。

"哎呀,您怎么啦?受伤了?"

"老师呢?"

"受伤了吗?站着没关系吗?"

"我没什么。老师呢?"

"我问您,出什么事了?"

铃子战战兢兢搬来一把椅子。

"大伙去横滨迎接您,找了好久都没接到。好悲伤啊!"

"我躲在船室里了。"

"躲起来了?"

铃子脸色惨白,凝神注视着南条。

"您在?我那样敲门,原来您在?真可怕呀!老师也一起去的。"

"老师呢?"

"外出了。您打算如何向老师交待?太过分啦!"

"所以,我是特地来告别的。"

"告别?"铃子问,她怀疑自己的耳朵听错了。

南条沉静地点点头,说道:

"我就像忘记歌唱的金丝鸟,你都看到了,我再也不能跳舞了。"

铃子好半天说不出话来。

"最好不要见老师,免得徒增伤悲。铃子你能否替我诚恳地向老师表示歉意?就说南条没有自杀,还能活着回来,已经是侥幸。"

暮色渐渐变浓了。

"对不起,我……"

铃子滴水般的言语一出口,眼泪便止不住流淌下来,宛若呼唤远方的人:

"不过,不能跳也没关系,也没关系的嘛。"

铃子的话似乎渗入南条心底,他沉默了。

"等呀,等呀,我一边等您,一边长大了。"

"可是,我对于老师,对于你,完全是个无用的人了。"

"不,我需要您,我需要您呀!"

"我对你会有什么用?我又能做什么呢?"

"有的,哪怕什么都做不到,我只要这一条。"

"是爱吗?"南条嗫嚅着说。

"然而,我能和你一起做的,也只有殉情自杀了。"

"死也无妨。"

铃子啜泣起来。

"不要那么哭嘛。一个想哭不能哭的可怜人,就站在你面前。"

南条从椅子上站起来。

"你本来不是个感情用事的人啊。"

"您太扭曲了,其实我很明白,您非常需要爱。"

"天很晚了,我该回去了。请让我看一眼朝思暮想的排练场吧。"

南条凭记忆摸索墙壁上的开关,打开电灯,不由一惊。

挂在墙壁上的星枝的照片,几乎碰着他的脸。虽然只是胸以上部分的舞台照,但一眼就能认出是她。

"那个疯子,"他不由嘀咕一声,不经意地瞧了一会儿。

"好漂亮的人啊,也是老师的弟子吗?"

'是的,她叫友田星枝,前一阵子,老师曾经叫我和她两人同台做过汇报演出。星枝她也去横滨码头迎接您了。"铃子说罢擦擦眼泪。

南条环顾着墙上排列的舞台剧照,说道:

"好多弟子啊,研究所怎么样?"

"很艰难啊,您竟然还记挂着。当时送您去留学,这里的房子做了抵押,您都忘了吧?还有后来,给您寄去生活费……"

"这我知道。"

"师母去世了,您知道吗?"

"是啊,师母比生身母亲更疼爱我。"

"还有老师本人,不知怎的,自那之后一下子就变老了。"

"是吗?"

"老师本来一心想着等您回来,把一切都交由您打理,安心引退。他计划着把研究所让给您。"

"请你转告老师,南条连自杀都做不到,就这么回来了。"

"您到底怎么了呢?"

"你问这个?是关节不行了。"

"不行了?脱臼了,还是折断了?疼吗?治不好了吗?啊,您说呀!"

"这是我要用一生的腿啊!"

南条用松叶杖嘎嗒嘎嗒捅着地板,说:

"木头腿怎么跳舞?"

"这东西,不要啦!"

铃子一脚踢飞松叶杖,南条突然失去平衡,身子眼看要向前倾倒。此刻,铃子迅速挽起南条的右臂,绕在自己肩膀之上。

"就把我当作您的一条腿好了。不用木头腿,用人腿走路吧。不能走吗?试试看,不是可以走吗?"

铃子说罢,亲切地挽着南条转了一圈。

"老师把您当亲生儿子对待。儿子残疾了,哪有父亲会不愿接纳呢?"

"谢谢,我也巴望用温暖的人腿行走啊!"

南条悄悄离开铃子,拾起松叶杖。

"代我向老师问好,我不会再见他了。"

"我不让您走。"

铃子拽住他不放,南条倒在钢琴上。他用拐杖尖端重重敲击后面的西洋鼓,发出两三声脆响。

铃子被鼓声吓住了,随即松开了手。

"我让你醒一醒,睁开眼睛看看吧!"南条说道。

铃子当即思忖起来,南条所说的"你",是指南条自己还是铃子。此时,南条已经走出门外。

"您到哪儿去?下雨啦!您现在要去哪儿?"

铃子追到门外,意外发现外头有汽车在等候他,此时车子已经开动了。

她心情茫然地回到排练场,又好像想起了什么。

"铃子!"她叫喊了一声,同时"咚"的一声用力敲击西洋鼓。

"铃子!"她又大喊一声,再次重重地敲响西洋鼓。

随后,铃子扔下鼓槌,迅速脱掉戏装,走进浴室,开始洗涤竹内的排练服。

这是一间镶嵌白瓷砖的干净浴室。铃子只洗了这一件排练服,伸伸腰肢,站着思考了片刻,随后泡入浴缸。她把整个身子浸入一池热水中,忽地泛起微笑,于是连忙用热水洗洗脸,下意识地凝视着自己的胸脯和臂膀。

电话铃响了。铃子猛地一怔，紧缩着身子，环顾一下周围。她不顾一副水淋淋的身子，披起一件便服，出去接电话。这期间，电话铃声在静静的屋子里继续高声鸣响。

不知为何，铃子心怀悸动，声音也梗在喉咙管里了。

"来啦，喂喂，这里是竹内……"

"啊？铃子吗？只你一个人？"

"星枝？是星枝吗？"铃子放下心来。

"对不起，我刚才在洗澡呢。"

"哎，是下雨啦。"

"洗澡啦，在浴池里。喂喂，你在家里吗？自那之后你一直没来，这可不行啊，你都在做什么？"

"今天吗？"

"是啊。"

"我用望远镜观看海港来着。"

"真讨厌，你一直不来，叫我担心极了。"

"筑波号轮今日起航了。"

"筑波号,是吗?"

"告诉你,那位姓南条的人,挺怪的呀。"

"嗯,他刚刚来过这儿。我正要告诉你呢,他很可怜,一条腿瘸啦,瘸啦,成了瘸子啦,知道吗?他说已经不能跳舞了。他那天就躲在船室里。"

"是吗?"

"他谁也不想见,这倒也难怪。他是来向老师道歉的。他叫我替他转告老师,他没有自杀,能回来就很侥幸了。老师不在,他是来告辞的。"

"他还是拄着松叶杖吗?"

"是呀,吓我一跳。那是傍晚时分,他像幽灵一般走进来,站在昏暗的排练场里。"

"此后,怎么了?"

"怎么了,你问南条君吗?他的腿真的不能跳舞了,今后可怎么办呢?"

"铃子你又哭啦?"

"我的话他根本听不进,他心灰意冷,像是不想再活下去啦。"

"撒谎!那是假的。"

"你说他撒谎?他确实是来告辞的呀。就是老师也不会眼睁睁看着不管啊。"

"所以我说他装相。我想,那松叶杖也是装门面的。"

"哦?不是啊。你听不清楚吗?你在放唱片,星枝?"

"嗯。"

"听我说,南条君是拄着松叶杖来的呀。"

"这我知道,看见了。"

"哎,看见了。他刚回去。啊呀,你说看到了,是星枝你吗?"

"是啊,所以我才打电话来呀。"

"看见南条君?你是说你看到了南条君,对吗?在哪儿看到的?真的吗?给我说说呀。"

"本来就是想跟你说的呀,是你一个劲儿说个没完。那天我一直等他从船室出来。"

"等到了?没有拄着松叶杖吗?"

"拄着呢。"

"那是装相吗?为什么说是假的?"

"不存在什么'为什么'。"

"你跟我说清楚点。我不相信,你怎么知道是假的呢?"

"我只是这么想来着。"

"为什么要这样想?好奇怪呀。他有必要假装拄拐杖吗?"

"那我不清楚。或许因为是和女人一道回来的吧。"

"女人?"

"喂喂,铃子?你见到南条君时,他真的是瘸子吗?"

"嗯。"

"那么说,或许是的。是我多疑了。"

"我呀,现在想去你家,可以吗?到的时候会比较晚,让我借宿一夜吧。"

"好啊。"

"还要说说关于老师要求的事呢。"

"我问你,铃子你怎么想的?跟南条君的婚事,想作罢了吧?"

"哎呀，没那么回事啊。"

"毕竟，瘸子还怎么当舞蹈家呢？比起结婚，你不是更看重舞蹈吗？倘若你见到南条，被他松叶杖的把戏所蒙骗，觉得如此二人不能跳舞，那也没办法了。这可不行。你可不能有这样的想法啊！所以我才打电话来。"

"星枝，我不明白你的话是什么意思。你说那天一直等着，你一个人吗？一直等到看见南条君从船室里出来的吗？"

"是的。"

"那么，你是作何打算呢？真是个怪人啊！"

"南条君也这样问我，干吗一直盯他到这里，我回答说，我疯啦。他同女人一起到位于辻堂旁的森田家里了。"

"森田，森田，是辻堂那边的吗？那么你也一起跟到辻堂那里了吗？"

"要说一起，我只是在后头盯着罢了。"

"辻堂，你一直跟到了辻堂吗？"

"喂喂，你怎么啦？马上就来吗？我派人去车站迎你吧。"

"唔，不过，今晚就算了吧。一项巡演合同谈好了，因为南条君的关系，之前的计划全给打乱了。老师真可怜啊！是为贩卖浴衣作宣传的旅行。救救老师吧，我们俩一道去。这里连电话都成了他人之物了。"

"什么浴衣宣传，真可厌。"

"要是不去，老师就要犯难啦。"

铃子"咔嗒"一声挂断电话。

树林里传来盒子枪的响声，稍有间隔地连射四发子弹。

最后一发响毕，紧接着腾起一阵男女的欢笑。

然而，拨开绿叶扶疏的树枝，只有星枝一人出现在庭院里。树林和庭院连在一起，分不清界限。庭院包裹在树林之中，不过有一侧靠近一条小路。小路对面是桑园，越过桑树枝头，可以窥见下面的山谷。谷底小溪一侧的一小块水田闪耀着寂寥的光亮。蝉忽然想起似的鸣叫起来。

这里似乎是冬季滑雪、夏季登山的往返基地——温泉浴场。这座别墅建在这里很相宜，虽说是一幢简单的建筑物，却位于旅馆后稍远处的山岗上，给人的感觉就是一处独门独户的山里人家。

星枝的动作显得有点野蛮，宛如一名猎手，目光炯厉。看那气势，仿佛连树上野果也要啃上几口，甚至随时都能猛烈地冲出树林。一身轻便的休闲服，贴合全身。有时姿态过度自由，随着一阵突发的兴奋，反而显得不很适合，暴露出危险。

她一边奔跑，一边甩掉鞋子，做出两三次大幅度跳跃，最后随着激烈的连续旋转颠仆在地上。

庭院的草坪似乎没有修剪，野草丛生，并向树林蔓延。星枝白皙的身姿伫立于一派翠绿之中，纹丝不动。

她一只手臂支撑着草地，抬起脸孔。夕阳从

对面照射过来,浅浅的薄云逆着日光飘动。星枝眺望着向远山倾斜的太阳,脸上闪现出渴望的神色,眼睛噙满泪水。

此时,她自然摆出一副舞姿站立起来,开始跳舞了。

说是跳舞,也是一时即兴,只不过将基本动作随心所欲地连缀起来罢了。

她来到甩落凉鞋的地方,正要从地上拾起的时候,抬头向前方一看,蓦然发现小路树荫下有个躲躲闪闪的人影。

星枝疾步奔向小路,一个拄着拐杖的瘸子慌忙向下走去。星枝一眼看到,没有停步,只是稍稍放慢脚步,又继续紧追不舍。今天不是松叶杖,而是桦木拐杖。

南条回过头来微笑着问:

"你又追过来了?"

"是的。"

星枝随便应和着,不肯正眼看,而是斜睨着南条。眼里又像刚才一样重燃起野蛮的怒火。

南条满怀感动地说：

"真像竹内老师啊。"

"太不讲礼貌啦。"

"也许我说话的方式不对，但我实在很怀念。竹内老师的舞蹈是我整个少年时代的希望和憧憬，所以我打心眼儿里对你赞叹不已。我说你酷似老师，可能有点不当，但我不得不承认，你确实是个天才。"

"我说您偷看，太没有礼貌。"

"这个我表示道歉，但盯着一位躲在船室里的乘客，一直追到辻堂，又尾随着找到这座山里来，到底是谁更没礼貌呢？"

"假装瘸腿的人没礼貌。"

"假装？"

南条惊讶地望着星枝，微笑着坐在道旁。

"那根松叶杖怎么了？"

星枝不是嘲笑，而是冷淡地问。

"我呀，已经再也不跳舞了。我厌倦了。可是，星枝小姐却对我紧追不放啊。"

"我没有追您啊。"

"那么说,就是舞蹈在追我,舞蹈不肯放我走吧。对于我来说,你就是舞蹈之神派来的使者。"

星枝倚靠路旁,将一只手提着的鞋子穿在脚上。

"我不管什么舞蹈,什么舞蹈之神,我只要弄清楚松叶杖是假的就够了。"

星枝一顿抢白,正要离开。

"记得在辻堂,你对我说'只是想羞辱您一下',指的就是这一点吗?"

南条也起身跟了过来,一条腿依旧一瘸一拐。

"我在研究所看到过剧照,知道你就是那位星枝小姐。你还到横滨港接过我。那时候,我真的太卑怯了。不过我为何躲在船室里不出来,眼下可以告诉你了。因为星枝小姐你方才的舞姿太使我感动了。请不要急着逃脱嘛。"

"一直在逃脱的是您南条君啊!"

"是的,我一直想摆脱舞蹈。"

"您跳不跳舞我管不着,在那之后,铃子立即到辻堂的家去探望,却大门紧闭,对吗?原来您躲到这山间谷地来了。"

"逃?对于一个患有神经痛和风湿病的人,太需要这座著名的温泉啦。来到这里后,我的腿好多了。"

星枝不由转过头去,眼里含着女性的温柔,半信半疑地审视着南条的腿,神色立即严峻起来。她越发生气地加快脚步,樱唇紧闭。

"刚才的枪声是你打的吗?"

"是我父亲打的。"

"那么说,在那里见到的是令尊了。当我一边心绪茫然地陷入沉思,一边前行的时候,猛然听到清脆的枪声。看到星枝小姐你在翩翩起舞,我一下子清醒了。我的体内已经腐烂死亡的舞蹈,仿佛一时又复活了。"

"能治好吗?"

星枝唐突地问道。

"我的腿吗?当然能治好啦,不过,不知道还能不能跳舞了。"

"还说什么呢，回去吧！"

星枝喊叫了一声。

南条忽然闭起眼睛，颤动着前额。

两人不知不觉又回到刚才那座庭院。

"能否再跳一遍给我瞧瞧？"

"不行。"

南条自庭院到树林上空环顾了一圈，说道：

"舞蹈犹如自然界的鸟鸣蝶飞，自由自在，随心所欲，那才是真正的舞蹈。舞台上的舞蹈是堕落的。我刚才看到你的舞姿，实在有点迫不及待，很想和你一道跳起来呢。仿佛身子自然而动，就像墓场的死者，重新站立，翩然起舞。"

星枝无意中后退一步。

"因为从舞蹈上来看，我就是一个死人。这样的我如今竟然想跳舞，这连做梦都不曾想到。你就跳一遍让我开开眼吧。"

"不行啊，好可怕。"

"就做个动作给我看看嘛。"

"我已经说了,不行就是不行。"

"那么,我来模仿一下看看好吗?"

"请吧。"

星枝漫然答道,既怪讶又畏葸地望着南条。

"瘸子跳舞啊。"

南条本人也忽然笑起来。

于是,他的脸色似乎有了些变化。说得夸张些,那是善与恶、正与邪一闪即逝的影子。

他犯起犹豫,不知右手里的拐杖该如何处理。他立即举起左腕,一颠一跛跳起舞来。

那是含有不祥之相的奇怪舞蹈,一侧臂腕的优美姿势,反而显得阴森可怖。

然而,南条未曾跳上十五步便戛然而止,立即坐在草坪上了。

"就像是牛鬼蛇神的舞蹈啊!"

星枝站在庭院一头的白桦树荫下,冷然地沉默不语。

"和星枝小姐你的舞姿相比,简直就是阳光和阴翳。我心中是如此悒郁。你看了我刚才的舞蹈,就不难理解我为何想再看一看你的舞姿。"

"好心烦啊,您是认真的吗?"

星枝自言自语地嘀咕着。

"认真?说真的,我如今处于生死关头,站在转折的岔路口。从幼年时代起,我就一直沉沦于舞蹈。或许是这种因果关系所致吧,在我看不到舞蹈的时候,人间的美好、人生的可贵仿佛一场梦幻,蓦地醒来,一切都茫然不知。"

"我不愿看到别人一本正经的面孔。我也不想使自己变得认真起来。我在舞台上跳舞时,一眼瞥见观众十分投入的神情,我就觉得实在无聊。要是认真,倒不如独自活着为妙。"

"你也是个可怜的疯子啊!"

"是的,我一开始就这么说过。在辻堂,当时。"

"我很喜欢疯子,当时我就这么说过。或许舞蹈就应该这样。舞蹈的实质,抑或就在于将尘埃满布的灵魂,通过自古所谓的更加污秽的肉体动作,纯洁地表达出来。"

"我已经停止跳舞了。"

"停止跳舞？为、为什么？"南条诧异地凝视着星枝，"就这一点，你能否说说真实的想法呢？"

"我害怕再这样下去，自己会变成另一个人。跳起舞来十分认真，其余皆是一派寂寥。"

"这就是艺术家，是天才的悲剧！"

"撒谎！我不想被任何事物束缚，也不认为艺术可贵。我想永远独自一人。"

"那是因为星枝小姐的美丽，你天生丽质，才会使你那么说。"

"我想平凡地活着。此外，没有比这更自由的了。"

"你要结婚吗？"

星枝未作回答。

"看到你青春灵动的舞姿，不曾想到你身心疲惫如此。真是不可思议啊！"

"太失礼啦，我哪里疲惫啦？"

"你受伤了，你受伤了呀！"

"我没受伤。您戴着因果感应的艺术的有色眼镜看人,我不爱听。所以我不跳舞了。正是因为我既没有疲惫又没有受伤,所以我不再跳舞了。"

"刚才你不是在跳舞吗?"

"刚才?刚才在玩游戏呢。就像小孩子又跑又跳地玩游戏。"

"在我看来,那就是舞蹈,就是生命瑰丽的跃动。"

"那是因为您在模仿瘸子跳舞。"

"所以说嘛,我再三求你,让我再看一下星枝小姐你的游戏。求神拜佛,心诚则灵,跛子也能站立行走,这样的奇迹有的是。"

"我也厌恶奇迹。"

"伴随着又跑又跳的节奏,你可以一脚踢掉我的这根拐杖。凭着那股力量,我可以站立起来。"

"您可以立即独自站立起来啊。倘若我的游戏有股力量,可以使跛子站立起来,那么凭借您自己的舞蹈治好您的瘸行,也就丝毫不成问题了。"

"是吗?"

南条的眼里闪过一丝敌意。不过,似乎下定某种决心。

"那我就照着星枝小姐的吩咐,跳一跳试试看。"

"随您的便吧。"

"如此残酷的观众,对我有好处。"

南条又用右手拄着拐杖,一颠一跛地跳跃起来,但已经不同于刚才的舞蹈。出于愤怒,身体的动作也变得僵硬不灵了。

"我本来这辈子都不打算跳舞了。"

"为什么呢?"

"因为我热爱舞蹈。对于舞蹈,我还是稍稍知道一些的。"

他一边断断续续地诉说着,一边逐渐剧烈地狂跳起来。

沉积日久的污秽翻腾起来,不一会儿,南条的舞蹈好似火山喷发。

星枝望着南条的舞姿,眼里闪出好奇的光辉。

最初是一副厌弃丑恶的眼神，继而转向畏惧危险的眼神，仿佛充满一种对不安的恐惧。她用左手挽住头顶上的白桦树枝。

南条依旧拖着一条瘸腿跳舞，然而他的手足已经变得轻松自如、热情奔放了。

他的动作如闪电般迅疾，优美的线条流光溢彩。

星枝暗自用力握紧拳头，并逐渐滑向胸脯下缘。

白桦树枝弯作弓形，眼看就要折断了。

"星枝小姐，论游戏，还是你教我的游戏，更有趣。"

"您跳得太好啦！"

南条停住舞步，蓦然望着星枝，边跳边靠近过来。

"游戏，不能光是看着。我们一道玩游戏，你快跳起来吧。"

星枝不由得收缩着胸脯，似乎想守住身子。

南条继续向对面跳去。

"能跳啦,我又能跳舞啦,舞蹈使我获得新生!"

南条的舞姿颇似原始和野蛮时期的人,或像蜘蛛和雄鸟求偶一般。

星枝仿佛听到为南条的舞蹈作伴奏的音乐渐次接近、渐次响亮起来了。

"自古就有这样的说法,别人跳舞你也跳。"南条转过身子说道。

"谁叫您还在装瘸子,谁叫您还不把那根骗人的拐杖扔掉。"星枝的声音亲切地震颤着。

南条倏忽跳跃过来,拉起星枝的右手催促道:

"只要有一根活生生的拐杖就行啦!"

星枝出乎意料地被南条趁势用力一拽,身子前倾,手里的白桦树枝也忘记松开了。

那根树枝从主干上折断下来。

星枝失去支撑,"扑通"一声倒在南条怀里。

"您真坏,真坏!"

星枝扬起折断的树枝,假装要抽打南条,但

南条没有抬起那根长长的拐杖加以遮挡。

南条也趁势来了个趔趄。

他杵着拐杖站稳身子,说道:

"既然可以扶着温软的人肉拐杖跳舞,还用这根劳什子做什么?"

说罢,用力将那根拐杖高高地扔了出去。

于是,他邀请星枝一起跳舞。

正在出神地望着高飞的拐杖的星枝,此时,突然切切实实泛起一种不应有的娇羞之态。

起初,她尚未注意到自己的娇媚,其后她蓦地满脸飞红。

南条手把手指导星枝,使她慢慢跳起舞来。

星枝一边浅浅推拒着,一边合着步调跳着。不久,南条看到两人的身体已经乘上同一股情感的热流,随之加快了舞步。

"站起来啦!瞧,我的腿一下子站起来啦!就像这样啊!"

南条高喊着,紧紧拉住星枝的手不放,她的身子宛若卷裹于烈火的旋涡之中。两人回旋跳跃了一阵,南条欷然将星枝抱了起来,慌忙奔向树林深处。

他轻轻抱着星枝,再也看不到瘸行的步态,那动作仿佛还是舞蹈的继续。

夕暮将临,晚风劲吹。一群小鸟似乎被风追击着,打庭院上空飞过。

一边跳一边脱,两人的鞋子和南条的上衣,被罩在树木长长的阴影里。那树影随着晚风飘摇不定。


是去赶马市吧,小马驹沿着山路走下来。

饲主骑着一匹骡马,小马驹没有系什么辔头,噔噔地跟在后头,显得十分老实可爱。

三四个乡下人,背着成捆的小青竹走了过去。

旁边的小山被改造成游乐场风格。可以听到做游戏的男女小学生的童谣,似乎是百人大合唱。

小山坐落在流向山谷的小溪旁边,南条从刚

才起就坐在小溪岸上，时而怯生生地回头望望小路，时而看看从近处山峦直至彼方山脉顶端奔涌的夏云。

星枝和父亲肩并肩走下山岗。

父亲仰望着传来童谣的小山，说道：

"孩子们早已到来了啊。"

南条看见星枝的父亲也一起来了，随即团身躲进芒草荫里。

灼热的阳光令人不安，时时注意周围动静的星枝，一眼认出南条，不由得加快步伐，想迅速超越过去。

父亲望着谷底小溪和对面山峦，没有在意。

"他们都是东京来的体弱儿童，租住胜见的宅子。那里本来是胜见的蚕种培育场，如今也变成宿舍了，想想真是无情啊！"

星枝心不在焉地听着。

"不过，比起任由偌大的仓房空闲着，白白地结满蛛网，目前这样做也许更合乎胜见的办事风格。不再培育蚕种了，转而培育人种了，这就是胜见常挂在嘴边的为社会服务、为国家尽力。他这是免费借住。即使办葬礼也是如此。记得那时木你说过,他是蚕种业界巨头,曾经获得总裁宫的两万日元奖金。这么一位不仅在地方而且在中央蚕种工会举足轻重的人物,他的葬礼实在太冷清了!尽管他本人以一介乡村学者自居,蛰居于荒野寒村,但节俭也得有个限度啊。毕竟是业界巨子,东京的蚕丝界名士蜂拥而来,参加葬礼。尽管我作为朋友也觉得不够体面,但都是遵从死者的遗书进行。听说,他将丧葬费都捐献给村里了。万般皆照这一风格行事。"

"是吗?"

"近来,体弱多病的儿童越来越多啊。"

"嗯。"

"以前每年也有学生到胜见这里来,他们都是蚕丝专业学校的学生,是来实习的。也只有胜见这样的怪人,会为研究蚕种而漫游世界。他富于名望,当地人每每推举他做县议会议员和国会议员,但他总是说育种繁忙,没有空闲,还说此种研究更能为国出力。一辈子与蚕共存，再也找不到如此令人感佩的男子汉了。他并非出于贪欲，而完全是出于热爱。"

他们围绕小山转了一圈，最先出现在父女二人眼前的，是胜见家的白粉墙蚕种培育场。

这座房屋耸立于小河岸砌筑整齐的石崖上，一时令人想到城堡。那是状如仓房的二层建筑。白粉墙上仿佛切割一般开出的两排窗户，一律大敞着，但都镶嵌着纸障子。

仓房一端转成直角之处，是日常住居的古风平房。仓房建筑远比平房雄伟壮观。

"那里的标本资料和研究书籍，眼下也都束之高阁、无人问津，所以我正打算劝他们捐献给专业学校或蚕丝会馆。"

"为什么不做蚕种培育了呢？"

"大概因为胜见去世了吧，儿子也没法指望。为了保护胜见蚕种的信用，仅是蚕种一项，也不是容易事。必须不断进行新的研究，力争不在改良的竞争中输掉。假若培育的蚕种有损于胜见的名誉，不如干脆停止，倒还能帮助贫苦的蚕种商一把。这或许就是夫人的想法吧。"

"能帮助弱小的蚕种商，那太好了。"

"傻瓜，最重要的是培育良种，提高蚕茧质量。你说话也像一个体弱多病的儿童，看问题太小气，应该练练打手枪。"

"手枪？"

星枝嘀咕着，宛若小声地回忆一场噩梦。

"是手枪。昨天打中了，太高兴了。这样的天空，这样的山间空气，连响声都不一样。今年冬天，我带你去打猎。"

父亲说罢，尽力抬头仰望晴空。

"而且，一个女子使唤那么多人，恐怕也不愿意操那份心。她财雄一方，现金不多，股票也多是属于地方的，但山林倒不知道有多少。

"我回去就练习打枪吧。"

"不要跟妈妈说。这座仓房或许还会恢复。以前的职工虽说是职工，也是胜见的工作助手，都是这方面的行家，他们都来跟我商量，打算振兴胜见蚕种。正因为是胜见的弟子,对于研究十分热心。不过,叫他们亲自做生意就不行了。"

"所以他们请爸爸出山,对吗?"

"也不是什么了不起的买卖。我打算先征求一下夫人的意见,或许可以成立一家小型公司,先有个经营的模式。"

"这些同那件事有关吗?"

"哪件事?你的婚事吗?别说傻话了,就是因为你这么胆小、多疑,所以才说你是体弱儿童。我知道胜见的儿子迷恋你,他很可怜。不过,那小子并不傻气。"

父女二人来到胜见家门前。

宽阔的庭院巨木萧森,深幽静寂,一看就知道是散放着时代馨香的名门望族。

远看并不华美,但来到门外向内窥探,宅子既古雅又富于品位,略显晦暗,古趣盎然。

写有"胜见蚕种培育场"的大招牌,依然原封未动挂在仓房的白粉墙上。

父亲停住脚步。

"稍微进去看看古代建筑的修葺吧。公交车乘下一班就行了。晚上能到那边就可以了,不是吗?"

星枝轻轻摇摇头,一边望着父亲的表情,一边说:

"那件事希望爸爸为我拒绝吧。"

"唔。"

父亲眼望着星枝,似乎说着"先这样",随后走入胜见家大门。

星枝倏忽抬头瞥一眼仓房,随即离开了。

走下那道斜坡就是温泉浴场。

跟在其后时隐时现的南条,看到星枝只有一个人时,急忙追了上来。他今天依旧拄着松叶杖,但走起路来疾步如飞。

走到大浴场前,南条高声呼叫:

"星枝小姐,请等一等,星枝小姐!"

这里是村中的公共澡堂,是一座寺院风格的建筑。为了排放蒸汽,屋顶上安设了格子窗,上面叠盖着一层小屋脊。

在旁边树林树荫里玩耍的村中儿童,听到南条的叫声,都一起回头望着这边。

星枝惶悚地站立着,忽然闭上眼睛,接着又冷然睁开。

"怎么又是松叶杖?"

"我从后面追来,你不知道吗?"

南条气喘吁吁,声音明朗。

"我知道。"

"我在报上看到竹内老师巡演的消息,心想星枝小姐也一定会去城里,所以我在游乐场下面等你走过。我从上午起就一直在那里等你。我还想见见令尊,请求给予关照。但似乎又有些突然,也想弄清楚你的真实想法。"

"请父亲关照什么呢?"

"你问是什么?那么在这之前,必须先让星枝小姐你彻底了解一下我这个人,了解一下这根松叶杖。你一开始就说这松叶杖是假的,你一直憎恨、贬低这根松叶杖。然而,叫我扔掉松叶杖,最先使我站立起来的,也正是你星枝小姐!我应该感谢这根爱的魔法杖!"

"恶魔之杖!"

"这可是法兰西制品,我拄着它从法国走到美国,我对它寄有深情。如今有了温暖的人杖可以倚靠,终于要同它分别了。假若昨天没有看到星枝小姐的舞蹈,或许一辈子都离不开这根拐杖了。"

"真像神话啊。"

"神话?"

"嗯,像古希腊神话里的舞蹈。"

"啊,是的。实际上那就是古希腊少女的舞蹈。我当是在舞蹈中获得了新生。就像邓肯[1]回归于古希腊舞蹈之魂,重新创作舞蹈一样。"

"我不是神话里的少女。我是说那样的舞蹈是神话。还是请您把我看成一个可怜的疯子吧。"

"什么?你是说我中了邪魔,还是说你我身份悬殊?我爱上你就是不切合实际的幻想吗?"

---

[1] 伊莎多拉·邓肯(Isadora Duncan,1877—1927),美国舞蹈家、现代舞创始人,创立了基于古希腊艺术的自由舞蹈。

"那就是所谓的舞蹈。我昨天也说了。我已经停止跳舞了。很可怕!那就是舞蹈吗?我现在真正地清醒了,心情平静了。我想平凡地生活,这一生再也不跳舞了。我希望您放过我。"

"那样想,胆小鬼!"

"南条君,您也是啊,您今天不是依旧拄着松叶杖吗?"

星枝说着,逃也似的跑进那里的车库,但想到南条一定会跟着上车,星枝看看南条的脸色,蓦地离开那里,抄小道逃走了。

南条对星枝的这种举动并不在乎,依然紧追不舍。

这里是布满灰白沙石的河滩之畔,温泉旅馆面向这边敞开窗户,展露着庭院。

河滩两侧小山重叠,蜿蜒低伏。星枝远远眺望河川下游,感到背部直出冷汗。

"你老是松叶杖、松叶杖地挂在嘴上,其实我要说的正是此物。你听听吧,我把自法国以来使用的松叶杖突然扔掉,能那样跳起舞来,这究竟靠的是什么？在这奇迹的瞬间……"

"我厌恶奇迹。"

"那是胆小鬼。奇迹并非鬼神妖术，是生命之火的燃烧！只要跳起舞来，立即就能燃烧生命之火，真是个受到上天恩惠的人啊！"

"我不稀罕。"

"星枝小姐，和昨天一样，你是在害怕自己的天才。"

"是的。我没有理由和昨天不同。"

南条怪讶地望着星枝。

"这样的谎言骗得了谁呢。只要一跳起舞来就会像进入梦境一般把它忘掉。"

"我说的什么是谎言？"

"当然是谎言了。星枝小姐除了舞蹈，其他都是谎言。你就是这么个人。可没法笑话我的松叶杖，就说星枝小姐你吧，特地用松叶杖支撑自己的青春，而今又绷紧心胸，压抑情感，故意逞强，这才是虚假呢。在我离开的这几年，日本姑娘怎么都变得这样了呢？"

"哎，我才更是这么想。虽然您随心所欲说了这么多，但因为您长期待在国外，您的话我一点都听不懂。"

"是吗？其实我们要说的都通过昨天的舞蹈传递给对方了。舞蹈家只能通过舞蹈互相沟通，语言是麻烦之物。虽然你我都说过'不跳舞了，不跳舞了'，然而，一旦离开舞蹈，我们两个就无法生活。这不就是最有力的证据吗？"

"这是神话，是不负责任的。"

"你的意思是'我不爱你'，这我很明白。不过，承认爱上一个人，怎么会叫星枝小姐如此犯难呢？"

"您这是误解。"

"我再跟你说得明确些吧。或许我应该先向你道歉才是。我只顾陶醉于喜悦之中，做梦也不曾想到会再次被推入幽暗的地穴。我简直不敢相信。是星枝小姐误解了我。首先说这根松叶杖。令尊是做生丝生意的，家又住在横滨，如果星枝小姐懂点股票行情，就会对我的松叶杖倍加同情。你可以想象，五年来我在西洋过的是怎样的凄苦生活。当我顶着'海归'这块豪华招牌站在舞台上的时候，肯定有人会嘲笑我，'瞧，这个叫花子，丢尽日本人的脸'，就是那些在西洋看不起我的日本人。这根松叶杖，就模仿乞丐而言，既合适又便利。"

南条用松叶杖敲敲足踵，说：

"不过，这决非假冒。我患上了严重的风湿病。那时我混不饱肚子，身体随之衰弱下来。寒冬腊月，又点不起炉子。说是神经痛、风湿病，但严重的时候，膝盖会发出'嘎吱嘎吱'的响声，走着走着，就要倒在地上，疼得就像骨头断了一样。虽然后来靠着这根松叶杖勉强可以走路，但跳舞是不行了。这样一想，我的身心一派空白，打算托付大使馆送我回来，虽说很丢人，但再没有别的办法，只得等着这么办。这种病虽然到医院看过，但不是短期就能治愈的。西洋温泉又是豪华场所，不得已，我只好自己注射麻醉药止疼。药物中毒影响大脑，灵魂也腐败了。这就是我的西洋之旅。直到昨天看到星枝小姐跳舞之前，我一直是一具行尸走肉。"

河岸的小路不知何时变成了坡道，登到顶端就上了公路的主干道。夏季酷热，无名花草散发出难闻的气味，白蝴蝶款款飞翔，夺目摇神。

南条停住脚步，擦擦汗水。

"你也应该理解我藏在船室时的心情。虽然当时不一定非拄着拐杖不行，只是觉得作为一个废人，重新踏上日本国土，手执松叶杖就是一种标识。与其说我没脸见竹内老师，莫如说我不愿意面对码头上人们热烈欢迎的场面。我想隐姓埋名地活着。再说，我对一个日本人能不能跳好西洋舞也抱有怀疑。"

"既然那么艰难，当初偏要绕道美国再回日本，这不是很奇怪吗？"

"啊！完全是因为那位夫人，她是我的恩人。就是她送我回日本的。"

此时，正好驶来一辆公交车，南条不再说下去了。

星枝突然扬起手,叫车停下,冷眼拒绝似的瞥了南条一下,算是告别,转身登上汽车。

南条理所当然地慌忙跟在星枝后面上车。

星枝突然红了脸,不知为何,一直红到脖颈。她羞涩难耐,怯生生地低头不语。

"请停车!"

她突然大叫一声,豁出性命跳了下来。

事情出乎意料,南条来不及站起身来。

星枝保持跳车的姿态伫立不动。她没有在意额头的汗水,只是目送着公交车尾扬起的灰白尘埃,极力忍住激烈的心跳。车子消隐于山阴背后,星枝腿脚麻痹,猝然倒在路旁草丛之中。

就这样,她立即痛哭起来。

夏草燠热的野外,不见有人通行。

铃子按照平时的习惯,依然带着舞台上的舞姿,体态轻盈地回到后台,意外发现星枝呆呆地对镜而坐,她高兴地仿佛在梦中。

"啊呀,星枝,你怎么哭啦?好开心啊!"

她说着，从后头一把抓住星枝的肩头，趁势滑坐下来。星枝被铃子夹持在两膝之间。

铃子一身可爱的装扮，犹如魔幻森林里的吹笛牧童。

这牧童分开裸露的两腿，像个大姐姐似的摇晃着星枝。

"大老远的，特地跑过来啦？好想你呀。你吓了我一跳。瞧你，一个人若无其事的样子。"

星枝蓦然闭起眼睛。

铃子有些不安地问：

"你怎么啦？太难为你了，有什么话特来跟我说吗？"

"没有，听到铃子你的声音，心情好些了。"

"唉呀，你好坏，耍心眼儿。不过咱们好久没见了。老师也会大吃一惊的。连信都不回，又去用望远镜看海港了吧。"

"给你打电话了，没打通。"

"电话，是吗？电话没有了。"

"电话没有了？"

"这些事回头再说吧。"

星枝睁开眼来,环视一圈屋内。

"后台真脏啊。"

"不要这么说,人家会听到的。在乡下这算好的了。后台怎么都行,但最叫人头疼的是糟糕的舞台。公共会堂和学校都不能跳舞,照明不好,真是苦恼啊!不过,老师也一起来了,我们从未灰心丧气。我们只管好好跳舞,没有一次马虎过。戏装是不是都有汗味了?已经出来二十天了,老师真可怜,因为你说过不喜欢参加浴衣宣传旅行,于是老师只好亲自出马了。"

"是吗?"

"每天都很闷热,进入梅雨季节了。"

"心情郁闷啊。"

"只要一跳起舞来,就不会郁闷了。"

铃子离开星枝,站立起来。

"你可以对老师说,家里不肯放你出来。本来嘛,一个大小姐,老师也估摸着家人不会让你出门旅行的。"

舞台上响起了钢琴声。

铃子看看星枝,示意她这是竹内老师的节目,紧接着就立即准备下一个节目的服装,备齐后就放在那里。看来是竹内和铃子师弟的双人舞。

"都是些令人怀念的戏装啊!"

"是的呢。"

"星枝啊,你的脸色不好,坐车太累了吧。你想念我们,特地来玩的吗?我能这么干高兴吗?"

"我和父亲来这里好几天了。"

"啊,又来避暑了吗?"

"大概是为了生意。"

"是的,这里是蚕茧之乡。这样我就放心了。本来我想,追到这种地方来,对于星枝你来说,是有些不可思议啊。"

铃子说罢,笑了,她回到镜台旁。

"请让开一下,我整整妆。"

"嗯。"

星枝点点头。铃子的脸孔进入镜面,当铃子的脸孔和面颊就要同自己的叠靠在一起时,星枝似乎有点胆怯，冷不防打了个激灵。

铃子惊讶地问：

"你怎么啦？突然不跳舞了，身体有些不舒坦吧？真是个怪人。"

"不是呀，是你把上过妆的脸同我的脸紧挨在一起，那张脸使我觉得来到这里却仿佛还没见到你。好不开心啊。"

"是吗？"

"给我也化化妆吧。"

"真是个调皮精，眼下我正忙着呢。"

铃子一边说，一边胡乱给她扑些白粉，擦点胭脂。

星枝活像只偶人，紧紧闭着双眼。

"天太热，大致抹一下就行啦。"

铃子转回头，从侧面望着星枝的脸。

"你的脸既适合薄妆，也适合浓妆，真是一张好面孔啊！啊，对了对了，跳《花的圆舞曲》的时候，你硬是说你这张脸就是一副苦相。还记得吗？"

"早忘啦。"

"真是个好忘事的主儿啊!"

铃子正要给星枝画眉,看到一滴眼泪顺着她的面颊流淌下来。

"哎呀。"

铃子不由停住手,立即强忍住自己的惊讶,若无其事地微笑着,为星枝擦去泪水。

"这是什么呀?给我吧。"

星枝的脸犹如一张美丽的能面。她闭着眼睛问道:

"铃子,你爱南条君吗?"

"是啊,我爱他。"铃子明确地回答,"怎么啦?"

"你说得很肯定嘛。"

"是很肯定。"

"是吗?"

"或许打小时候起,我就净想着他,但我怀疑,我真的那样纯情吗?不过,说是爱,其实是意志。南条君即使是坏人、是残废,我都不在乎。我要把他在西洋获得的本领，全都学到手；把他掌握的东西全部拿过来，即使换来一个'复仇的失恋者'头衔，我也在所不辞。对他，必须具有这样的爱的意志！不论发生什么事，我都要同南条君一起跳舞。只要能同所爱之人一道随心所欲翩翩起舞，就是死了也心甘情愿！"

铃子越说越激动，不知何时她已经挤掉星枝镜台前的位置，开始动作麻利地着手为下一支舞蹈化妆了。

"我都想过了，乍听起来，爱情似乎是功利的，其实不然，这是爱的意志！感情这东西已经不可信赖了。当今的世道，就是这个样子。越是有才能的人，感情越脆弱。恋爱，只要有意志贯彻其间，纵然失败也不会酿成悲剧。它可以穿越一切，卓然独立！我厌恶后悔，希望毫无遗憾地活着。"

星枝只是茫然地听着。

"为了磨炼舞蹈，我不惜付出一切代价，我不愿继续守着那种清寒而贫乏的思想。回首过去，我真是太没出息啦！"

"舞蹈究竟好在哪里呢?"

星枝孩子般地问。

"你问好在哪里?舞蹈就是我这个人活着的目的。"

"这是假象。"

"那什么是真相?对于你来说,到底什么是真的呢?"

星枝淡然地回答:

"请不要再说了。哎呀,烦死了。"

"我说星枝,你不是问到我爱不爱南条君吗?"

铃子似乎动怒了,斜睨着星枝,却又如梦初醒地微笑了。可那微笑突然僵硬起来。

"好奇怪呀。干吗突然说起这些来呢?究竟出了什么事?"

接着,她探寻地望着星枝。

星枝感受到了她的视线,冷不丁用反驳的口气说道:

"南条君,他不是瘸子。"

"啊?"

"他能跳舞。"

"你见到他了?星枝!是发生了什么吧,是吗?这下我知道了。"

"没什么事。"

"你别瞒着我呀,听你这么一说,我觉得仿佛很早就明白了。"铃子沉静地说。

这时候,竹内走了进来。

"啊,怎么跑到这里来了?好久没见啦。"

说着,他坐在一旁的镜台前,皱起眉头,一边脱去戏装一边说:

"天很热啊。"

铃子拧干了手巾为竹内擦身子。她手指发颤。

"老师!"

"怎么了?"

"听说南条君他不是瘸子,他能跳舞。"

铃子抓住竹内背后的肌肉,脸孔贴在他的肩膀上,嘤嘤啼哭起来。

"不要哭,等等。"

竹内甩开铃子,霍然站立起来。

因为这时候,他发现南条呆呆地站在后台入口。

南条倚着松叶杖,垂首而立。看那副姿态,没有拐杖支撑,他就会颓然倒地。

"老师,我向您赔罪来了。"

"什么?"

竹内怒不可遏,正要冲过去。星枝冷不防站起来,将他挡住了。

"老师,不要这样。"

"你闪开!南条你这家伙!"

竹内走过去,忽然对南条一阵猛打。

"混账!瞧你,哪像个人啊!"

南条不由得躲避似的扬起松叶杖。

"你要干什么?拿起那个东西想干什么?"

铃子单手撑地,默默注视着。

星枝插进两人之间,说道:

"老师,算了吧。那根松叶杖是假的!"

星枝一副半开玩笑的口气，宽慰着老师。

南条不知想起了什么，忽然变了脸色。"畜牲！"他骂了一声，抡起松叶杖，一下子打在星枝的肩膀上。星枝倒在竹内怀里。

由于受到星枝身体的冲击，竹内向后摇晃了一下，在台阶上一脚踏空，仰着身子跌落下来。

舞台上，同行的女歌手们齐声高唱欢乐的流行歌曲。

竹内被运送到医院，后脑勺受了重伤，右侧肱部疼得不能动弹。

于是，由南条代理竹内的角色，加入大家的巡演之旅。

当天深夜，他们离开了这座城市。

坐在从医院驶往车站的回程汽车里，三个人都沉默不语。在进入检票口前，铃子一把夺下南条的松叶杖，吩咐道：

"抓住我的肩膀！"

说罢，随即将自己的肩膀伸过来。

尔后，她把松叶杖顺手交给星枝：

"把这个扔掉吧,留着它还会出危险的。"
"是啊。"
星枝点点头。
随后,星枝立即折回医院去看护竹内了。

# 1961年度诺贝尔文学奖推荐函

三岛由纪夫

在川端先生的作品中，纤细与强韧结为一体，优雅和对人性深度的理解携手共进。明晰的作品内部隐秘着深不见底的悲哀。川端先生虽生于现代，却栖息于中世纪日本苦行僧的孤独哲学之内。从现代日语的角度看，先生有着惊人的感受力，文用语的选择极为精妙，常能表现出现代日语所能达到的最微细的颤动。不论对象是少女的纯洁，还是老年可怖的厌世癖，先生独特的文体都力求迅速果敢地挖掘出其本质，并给予完美的表达。

极度的简洁，一种象征主义者天生的、意味深长的简洁，使得先生的作品纵然很短，也能在有限的纸面上，深刻而广泛地描绘出众多人生画像。现代日本的多数作家，正面临着保留传统与树立新文学两种愿望几乎不能并立的困境。川端先生则凭借其诗人的直觉,轻易越过了此种矛盾,实现了两者的综合。川端先生一心追求的主题,从青年时代起便贯彻至今。人类本源性的孤独与爱的刹那闪烁中窥见的不朽之美相互辉映,恰似电光一闪,欻然照亮了深夜树木上盛开的花朵。

在日本作家中,我首先向诺贝尔文学奖推荐此人,我真心感觉唯有他最适合。

# 1968年度川端康成荣获诺贝尔文学奖授奖式欢迎辞[1]

瑞典文学院常任秘书安德斯·厄斯特林

---

[1] 本文译自武田胜彦的日语文本。日语文本出自《诺贝尔奖文学全集16:川端康成卷》,主妇之友社,1971年1月5日刊。

陛下。

阁下。

女士们。

先生们。

本年度诺贝尔文学奖的获奖者是日本的川端康成先生。川端先生1899年生于日本的工商业大都市大阪，父亲是受过高等教育的医师，对文学也很关心，但因父母早逝，先生自幼便失去了良好的教育环境。成为孤儿之后，就同体弱多病、双目失明的祖父一起在郊外生活。从日本人尤其重视亲族血缘这一点来看，这种悲剧性的双亲亡故，具有双重的重要意味。这一事实无疑影响了先生的整个人生观,成为先生后来研究佛教哲学的原因之一。

在东京帝国大学求学时,川端先生就立志要当作家,并为此全力以赴,锲而不舍,这就是把文学当作天职的人需要具备的条件。川端先生就是一个典型的例子。二十七岁时,先生首次发表颇受瞩目的青春题材短篇小说。作品讲述了一个学生的故事。这位主人公独自在秋天里来到伊豆半岛旅行,邂逅了人人厌弃的贫穷舞女,遂堕入令人怜惜的恋情之中。舞女展露了纯情的内心,也向青年表达了深深的纯粹的爱。这一主题在先生之后的作品中也以各种形式多次出现,犹如反复吟唱一首民歌。先生通过这些作品表达了自身的价值观,而且坚持创作至今,名声跨越国境,远播海外。实际上,先生的作品中,只有三部小说和数篇短篇作品被译成多种语言,这也因为做到准确翻译实为不易。翻译只是一种网眼很大的过滤器,使用这种过滤器,必会漏掉原作者各种极富表现力的微妙表达。不过,迄今为止先生的作品译本，都充分传达了原作者的个性，描绘出了典型的先生画像。

同已故的前辈谷崎润一郎先生一样，川端先生显然受到了近代欧洲现实主义文学的影响，但先生又忠实地探索日本古典文学，并明显表现出拥护、维持纯粹日本传统风格的倾向。我们能从川端先生的叙事技巧中，发现词语本身具有纤细差别的诗意，其来源可以追溯到 11 世纪的紫式部描述的日本生活与风俗的庞大画面。

川端先生在观察女性细微心理方面尤其受到推崇。先生在这方面的卓越才能，在两部中篇小说《雪国》和《千羽鹤》中得以展示。在这两部作品里，我们可以发现作者寄予诡艳插叙以闪耀光辉的非凡才能，纤细而敏锐的观察力，以及在文字中编织精妙而神秘价值的技巧，先生在这些方面常常超越了欧洲作家。先生的文章令人想起日本画，这是因为，先生热爱纤细的美，并且赞赏那些充满悲悯的象征性语言，因为这种语言体现了自然生命与人类宿命的存在。如果能将显现在事物表面的无常,比喻为漂浮于水面的水草,那么可以说,川端先生的散文,正像纯粹描写日本微细艺术的俳句。对于日本人的传统观念和本质,我们一概不知,所以不可能接近先生作品的核心。然而,一旦阅读起先生的作品,就会觉得先生在某些方面同欧洲近代作家的气质相似。提到这一点,作家屠格涅夫会首先浮现在我们心中。这是因为屠格涅夫也是一位极富感受性的作家,身处新旧世界交替的关头,运用其伟大的才智,在厌世主义倾向下,详细描写了当时的社会状态。

川端先生的近作《古都》,也是先生最受瞩目的作品,写成于六年之前,也被翻译成瑞典语了。这里简单概括一下情节:遭到贫穷父母遗弃的女婴千重子,被商人太吉郎夫妇拾来,并按日本传统规矩养育成人。千重子是个多愁善感、认真诚实的姑娘,她开始暗暗怀疑起自己的身世来。据日本民间流传下来的迷信说法,被遗弃的孩子会命途多舛,千重子又是一对孪生姊妹中遭弃的那个，更多背负了一层耻辱。一天，千重子在京都郊外巧遇北山杉地区出身的一个年轻貌美的姑娘，她发现这个姑娘就是自己的孪生姊妹。勤劳健壮的苗子和娇生惯养的千重子，终于超越阶级身份的悬隔，亲密地交往起来。但是，由于两人的相貌惊人地相似，后来又出现了各种错综复杂的情节。

先生选取京都作为整个故事的舞台，描绘了那里一年四季的节日情景。自樱花盛开的春日，到白雪闪亮的冬季，一年之间，京都城本身成为主要的登场"人物"。京都曾是日本的首都，是天皇及其臣下居住的地方。直到千年之后的现在，仍作为不容侵犯的浪漫圣域留存下来，成为艺术与众多技艺精湛的能工巧匠的诞生地。时至今日，京都依旧作为旅游城市为人们所喜爱。对于神社佛阁，能工巧匠住居的古老街衢，庭园和植物园等风景，川端先生都用感伤而毫不夸张的笔墨认真加以描写，手法感人，视角敏锐，文字间洋溢着诗的情趣。

川端先生在经历了日本决定性的失败后认识到，重建需要进取精神，需要发挥生产力和劳动力。战败的日本纵然处于强烈的美国化浪潮中，但先生以平和的笔调，通过作品呼吁大家，要为新日本守护古老日本的美与个性。这使我们感觉到，先生在描写京都的宗教仪式时，或者在选择传统和服的腰带图案时，都在努力让文字足够精到细致。作品描写的种种情景，即使单纯作为记录，也是珍贵的资料。不过，有的读者也许喜欢关注极为特殊的方面，举例来讲——美国驻军在植物园内建立厂舍，长期关闭园门，植物园一重新开放，中产阶级的市民就会前来观看，他们想知道的是，那优美的樟树林荫道完美地保存下来了吗？还像原来一样吗？现在的样子会使那些一向熟悉它的人瞠目结舌吗？

川端康成先生获奖，使日本初次成为诸多诺贝尔文学奖获奖国的伙伴。授奖给川端先生这个决定，本质上有两个重点：其一，川端先生运用卓越的手法，表达了道德伦理的文化意识；其二，川端先生为架设东西方之间精神的桥梁做出了贡献。

川端先生。

这份奖状是对您致力于用富有感染力的杰出小说技巧表现日本人心灵精髓的表彰。今天,我们怀着喜悦的心情来到这座讲坛,迎接您这位光荣的远方贵客。

我代表瑞典文学院,衷心表达我们的祝福。同时,请您接受国王陛下亲自颁发的本年度诺贝尔文学奖。

1968 年 12 月 10 日

译后记

穿过国境长长的隧道，就是雪国。夜的底色变白了。火车停在信号所旁边。

这是川端康成的小说《雪国》开头的名句。读《雪国》，就想去雪国。作家醉心描写的，究竟是怎样一块神奇的土地？那里有着什么样的风景？生活着什么样的人？

常年的疑问，常年的诱惑，常年的痴迷。于是，便有了一次雪国之旅。

还记得这部小说吗？简练的故事，朦胧的人物，迷离的山景，飘忽的文字……《雪国》在现代日本文学史上独树一帜，占尽风流，惹得不同背景的文化人评说不尽。推崇有之，贬斥有之，不褒不贬，以平常心对待者亦有之，但不论采取哪一种态度，谁都无法忽视它、抹消它。在当今尚没有任何一种奖项能够替代权威性的诺贝尔奖的情况下，《雪国》和它的作者无疑是一个榜样，一座丰碑，一种品牌，具有恒久的魅力。

无论古今中外，文学的力量都是巨大的。当川端康成带着他的《雪国》走向世界文学高峰时，诞生《雪国》这个艺术麒麟儿的摇篮——越后汤泽，这块自古封闭的山涧谷地，便成了人们心向往之的"文学麦加"。

真真假假，虚虚实实。不温不火，若即若离。欲进复退，欲言又止。苍狗白云，镜花水月……这就是我读《雪国》的感觉。久而久之，缥缈的"雪国"之感渐渐沉滞下来，"固化"成"新潟""越后"和"汤泽"这些真实存在的地名了。

在这种逐渐"固化"的过程中，我切实体验到了我们中国人常有的"京华何处大观园"般追寻和发现的快乐。当然，故事的舞台谁都知道，尽管书中没有涉及。不过，要想深刻地感受作品，就得到故事的舞台上去，进入角色。带着此种想法，我来到了越后汤泽。

初冬季节，平原上还是晚枫如火，高山里已经冰封雪裹。我走的路线和小说主人公岛村去雪国的路线正相反。川端康成首次访问汤泽是在1934年6月，走的是由南向北的路线。他在一篇文章中写道："从水上车站乘火车，到前一站上牧温泉……接着又在不知是水上还是上牧的旅馆老板的建议下，去了一趟清水隧道对面的越后汤泽。那里比水上更加偏僻。"（1959年10月《〈雪国〉之旅》）

作品开头提到的"国境的隧道"就是群马县和新潟县之间三地山脉的清水隧道。这条隧道长约十公里，始凿于1922年，历时九年建成。由水上穿过清水隧道进入汤泽，犹如渔人进入桃花源，眼界豁然开朗，风景也随之一变，完全是另一个世界。尤其在冬天，四周苍山负雪，宛若莲花朵朵，冷，艳，奇。

我们的汽车从北方的津南町沿353国道渐渐

驶入汤泽町。这里离 2004 年"中越地震"的中心——小千谷不算远,我发现这一带的房屋建筑很特别,房顶呈锐角,北面窄而陡,南面阔而缓,正如《雪国》中岛村看到的:

> 家家的房屋都伸展着长长的庇檐,支撑着它们的木柱排列于道路上,好似江户时代镇子上的"店下"。可是在雪国,自古称之为"雁木",雪深时作为人行通道使用。

书里的描写,眼前的情景,使我想起广州的街道,觉得很相像。不过,广州的房屋设计是为了供人躲雨,而这里是为了防雪。自然环境的酷烈,考验着生命的强度,激发着人类创造的智慧。2006 年新年来临之际,连续下了几场大雪,津南地方积雪深达 4.16 米,出现了史无前例的严寒天气,我想起不久前亲自到过的这块地方,才真正掂量出"雪国"这两个字的分量,对那些豪雪拥门而毅然坚守故乡、同自然灾害英勇搏斗的民众不由得肃然起敬。

江户时代,生于越后的铃木牧之在《北越雪谱》一书中写道:"凡日本国中,古往今来,人们皆以越后为第一深雪之地也;然于越后,雪深达一二丈者,当数我鱼沼郡也。"他说的完全是实话。鱼沼是出产良米之乡,著名的"鱼沼粳米"享誉国内外,市场价格比"越光"等其他名牌大米高出一倍。鱼沼米之所以美味,就是因为这里冬期长,气温低,雪水足。

傍晚抵汤泽,下榻于汤泽车站附近的波斯利亚饭店。此处距当年川端写《雪国》的高半旅馆约有十分钟的车程。高半旅馆由高桥半左卫门先生创办,至今已有九百年历史。这是一座典型的和式温泉旅馆,位于汤泽地区海拔最高处,温泉水量最丰沛,常年不减。馆内有一间屋子,叫"霞之间",这里就是川端康成创作《雪国》的地方。屋内布置依原样不变,一张矮桌,一把无脚背靠椅,左手一只暖炉,一只烟灰缸,墙上挂着字画。汤泽还有许多同《雪国》有关的景点,如"驹子之汤""雪国馆""雪国之碑"等。

江山还需文人扶,一个富有人文内涵的地方,自然会产生一种巨大的吸引力和昭示力。昔日寂静的高原小镇,今天成了人气旺盛的观光名所。20世纪80年代初期,东京、上野至新潟的上越新干线开业运营,巨蟒般的电车的呼啸声,震动着千年寂静的云山野水,驱散了现代驹子们的欢声笑语。雪夜,泡在十三层的饭店楼顶的"露天风吕"里,我沉下心来,望着四面黑魆魆的山峦,想慢慢找回当年艺妓们幽怨的歌声和三味线悲切的琴音。然而,除了眼前氤氲的水汽和耳边呼啸的朔风,什么也没有得到。我也像作品主人公岛村一样,自身的努力到最后都化作了一个接一个的徒劳。

一度雪国行,胜读十遍书。在雪国之地,读《雪国》之书,更有一番亲切的情味。我以为,理解《雪国》,只能凭借感觉。空灵,冷艳,虚幻,迷茫。主观取代了客观,自然淹没了人物,影像淡化了实体,感性排除了理智。作品的美质不正潜隐于这种剪不断理还乱、说不清道不明的荡漾混沌之中吗？这，就是我对《雪国》乃至整个川端文学的认识或评价。

川端自己说过："岛村不是我，甚至不能把他看作一个真实存在的男人。他也许只是映射驹子的一面镜子。"（1968年12月《谈〈雪国〉》）

这部小说在开头用大量文字描写了叶子映现在车窗玻璃中的幻影，真是不厌其烦，或许会让我们读得有些腻味。我所厌皆作者所爱，徒叹奈何而已。也许这就是我们和作者的差距吧。同样，结尾对"火场银河"的一大段叙述，洋洋洒洒，又进一步把小说推向光怪陆离的"太虚幻境"，实现了作者心中"艺术的升华"。不过，这里没有秦可卿引路，作为读者的我们，只能凭借自我意识，在这座作者精心营造的精神伊甸园里，寻觅着美。

（此篇译后记系在旧作《感受雪国》一文基础上改写而成）

陈德文
2006年1月初稿
2021年8月改订

驹子撞在虚空墙壁上的回响,

在岛村听来,

犹如雪花纷纷飘落,堆满心头。

# 一頁 folio

## 始于一页，抵达世界

Humanities · History · Literature · Arts

---

出品人　范新

品牌总监　恰恰

特约编辑　王子豪　徐露　徐子淇

营销总监　张延

营销编辑　狄洋意　闵婕　许芸茹

新媒体　赵雪雨

版权总监　吴攀君

印制总监　刘玲玲

Folio (Beijing) Culture & Media Co., Ltd.
Bldg. 16-C, Jingyuan Art Center,
Chaoyang, Beijing, China 100124

一頁 folio
微信公众号

官方微博：@一頁 folio　|　官方豆瓣：一頁　|　媒体联络：zy@foliobook.com.cn